ROMANCE

DEMERARA

WAGNER G. BARREIRA

6•9 instante

© 2020 Editora Instante
© 2020 Wagner G. Barreira

Direção Editorial: **Silvio Testa**

Coordenação Editorial: **Carla Fortino**
Revisão: **Laila Guilherme** e **Fabiana Medina**
Capa: **Fabiana Yoshikawa**
Ilustrações: **Juliano de Oliveira Moraes (JJBZ)**
Diagramação: **Estúdio Dito e Feito**

1ª Edição: 2020
Dados Internacionais de Catalogação na Publicação (CIP)
(Laura Emília da Silva Siqueira CRB 8/8127)

Barreira, Wagner G.
 Demerara / Wagner G. Barreira ;
 Prefácio, Laurentino Gomes. 1ª ed. — São Paulo:
 Editora Instante : 2020.

 ISBN 978-65-87342-07-8

 1. Literatura brasileira 2. Literatura brasileira: romance
 I. Barreira, Wagner G.

CDU 821.134.3(81)   CDD 869.3

Índices para catálogo sistemático:
1. Literatura brasileira
2. Literatura brasileira : romance
869.3

Texto fixado conforme o Acordo Ortográfico da
Língua Portuguesa de 1990, em vigor no Brasil a partir de 2009.

www.editorainstante.com.br
facebook.com/editorainstante
instagram.com/editorainstante

Demerara é uma publicação da Editora Instante.

Este livro foi composto com as fontes Arnhem e
Ancoa Slanted Regular e impresso sobre papel Pólen Bold 90g/m^2
em Edições Loyola.

Em memória de Adelaide e Bernardo

PREFÁCIO

Os leitores destes trágicos anos 20 do século XXI se reconhecerão de imediato nas páginas deste pequeno, inspirado e muito oportuno romance de Wagner G. Barreira. Seu roteiro tem como cenário um ambiente familiar para os brasileiros de hoje: uma devastadora pandemia provocada por um coronavírus, no caso o da gripe espanhola, que entre janeiro de 1918 e dezembro de 1920 matou entre 20 e 100 milhões de pessoas ao redor do mundo. Só no Brasil foram mais de 35 mil vítimas, número assustadoramente alto, levando-se em conta que, na época, a população brasileira era de apenas 30 milhões de habitantes, cerca de 15% da atual. Em cem anos, entre a gripe espanhola e a covid-19, o clima de medo e incerteza pouco mudou. Os métodos de combate ao vírus permanecem os mesmos: distanciamento social e o uso de máscaras eram, e continuam sendo, as melhores terapias.

Acompanho a notável trajetória de Wagner G. Barreira há mais de três décadas. Fomos colegas de redação em jornal e revistas. Sempre o tive por excelente jornalista, um dos melhores da minha geração. Agora, reencontro-o no papel de escritor e romancista. E surpreendentemente talentoso também nessa área. Dono de escrita madura e experiente, Wagner construiu um livro delicioso. Seu texto é sóbrio, sem, contudo, perder a leveza. As frases são curtas, fortes, bem construídas e pontuadas. O resultado é uma prosa elegante e envolvente, que captura a atenção do leitor da primeira à última linha.

Em *Demerara*, o repórter e o romancista se conjugam de forma habilidosa. Por essa razão, quem se interessa por pesquisa histórica vai logo se perguntar: o que é real e o que é ficção neste enredo? A dúvida tem fundamento. Antes de construir seu romance, Wagner G. Barreira pesquisou exaustivamente personagens, circunstâncias e paisagens da época em que situa seu protagonista e narrador. Muitos dos nomes e acontecimentos que incorporou à narrativa tiveram existência real e estão bem documentados nos arquivos e livros de história. O navio inglês *Demerara*, que dá nome à obra, realmente partiu de Liverpool no meio de 1918 trazendo a bordo, junto com centenas de imigrantes europeus, o vírus da gripe espanhola. Antes de chegar a Santos, no litoral paulista, fez escalas no Recife, em Salvador e no Rio de Janeiro, cidades a partir das quais a epidemia se disseminou pelo Brasil. Igualmente verdadeiros são os detalhes da ocupação urbana de Osasco, hoje município da Grande São Paulo, incluindo os sobrenomes de famílias italianas, armênias, espanholas, sírio-libanesas, entre outras nacionalidades, que ali se instalaram, o famoso Clube Atlético de futebol e o Frigorífico Wilson, antiga Salamaria Continental, construído pela empresa norte-americana Land Cattle.

Maior produtor de café, tão dependente do modelo agrário exportador quanto na época colonial, o Brasil de 1918 era um país ainda mal saído de sua longa e tenebrosa história escravista. Desde o fim do século XIX, São Paulo era o destino de milhões de imigrantes europeus, que chegavam para substituir, nas lavouras e fábricas, a mão de obra cativa africana libertada pela Lei Áurea de 13 de maio de 1888. O império brasileiro tinha implodido havia menos de duas décadas, acontecimento em boa parte consequência da própria abolição da escravatura. O recém-instalado regime republicano sustentava-se por uma aliança entre fazendeiros paulistas e mineiros, conhecida como a "Política do café com leite", marcada pelo coronelismo e pelo voto de cabresto. E assim permaneceria até pelo menos a Revolução de 1930. A industrialização, ainda em seus passos iniciais, era um sonho que, a rigor, jamais chegaria à plenitude. Também por essa razão, as perguntas a respeito da viabilidade e do futuro do Brasil, que Wagner ao longo da obra habilmente coloca na boca de seu protagonista, continuam a ser feitas, e sem respostas adequadas, por todos nós neste início de século XXI.

A cuidadosa equação entre ficção e história verídica reforça o encanto da obra de Wagner G. Barreira e comprova que no código genético do escritor de hoje se mantém vivo e forte um DNA anterior, o do jornalista, repórter e pesquisador. Só essas qualidades já fariam de *Demerara* um livro que merece ser lido e apreciado por todas as pessoas que se interessam por boa e refinada literatura. Ocorre que *Demerara* não se resume a uma bem estruturada costura de romance histórico. Seu protagonista é mais do que um personagem aleatório nascido da imaginação de Wagner. Bernardo Gutiérrez Barreira, um galego recém-chegado a São Paulo a bordo do mesmo navio que trouxe a gripe espanhola, foi, na vida real, ninguém menos do que seu avô. O fio da meada na construção deste livro começa, portanto, por uma curiosidade genealógica do próprio autor. Na família, segundo descobriu Wagner em suas pesquisas, pouco se sabe hoje a respeito desse avô. O que se conta é que teria morrido no mesmo dia do batizado de seu filho (o pai de Wagner, ao qual deu o mesmo nome). Cientes desse detalhe, que não está registrado no livro, fiquem desde já os leitores alertados para a pergunta que certamente desafiará sua imaginação nas páginas finais deste romance: o que teria acontecido com Bernardo Gutiérrez Barreira naquela manhã fatídica em que tomou a balsa em Osasco para a travessia do rio Tietê rumo à igreja de Nossa Senhora dos Remédios?

Laurentino Gomes, autor dos livros *1808*, *1822*, *1889*,
Os caminhos do peregrino (em coautoria com Osmar Ludovico)
e *Escravidão*. Ao todo, suas obras já venderam mais de 2 milhões
de exemplares no Brasil, em Portugal e nos Estados Unidos.

"[...] sempre reconstruímos o monumento à nossa maneira. Mas já é muito não utilizar senão pedras autênticas."
Marguerite Yourcenar, "Caderno de notas" de *Memórias de Adriano*

"Ah, todo cais é uma saudade de pedra!"
Fernando Pessoa, "Ode marítima"

1

— É hora — disse Aingeru.

Recolhi a trouxa, levantei do chão e olhei para o tronco enrugado da árvore à minha frente: *"Ata pronto, miña terra"*, falei baixinho.

— *Nos tomamos el olivo?* — perguntei ao novo amigo. Ri da própria graça e descemos na direção da Estação de Passageiros.

Dar "até logo" a uma oliveira parece tolo. Mas aquela não era uma árvore qualquer, era o orgulho de Vigo, a "cidade olívica". Estampava a bandeira, recebia homenagens com banda de música, os galhos ganhavam fitas coloridas no aniversário — a moradora mais ilustre do lugar. Duvido que alguém tenha provado seu fruto. Estava ali para exibir coragem, não oferecer azeitonas. Os reis católicos, aprendi na escola, mandaram cortar todas as oliveiras da Galícia porque queriam o monopólio do azeite. A árvore de Vigo ficou de pé, em desafio, por isso era tão querida. Quando voltasse à Galícia, queria rever suas folhas miúdas e escuras que não caem no inverno. Não tinha muitos amigos, queria sair sem ser percebido. A oliveira pareceu a melhor companhia para a despedida. Eu não demoraria muito, e a árvore não ia mesmo sair dali. Para mim, ela não simbolizava poder. Gostava dela porque foi ao seu redor que tive pela primeira vez a sensação de ser livre. Saí do orfanato e pude olhar a rua, ver o vaivém das pessoas. A árvore virou minha amiga, meu esconderijo, o lugar onde podia ficar só comigo.

No verão, costumava buscar sua sombra no Paseo Afonso XII para descansar depois da comida, ver a *ría* e o porto do alto — e lidar com as últimas páginas soltas do que foi uma bela edição do *Quixote*. Em dois anos, o maço era o que havia sobrado do livro, roubado do professor de espanhol. Ao contrário da oliveira, o *Quixote* perdia as folhas, e eu me esforçava para decorar as passagens que restavam. "É uma honra para os cavaleiros andantes não comer por um mês e, quando comerem, que seja daquilo que encontrarem mais à mão", dizia o cavaleiro a Sancho Pança. Era um pouco como a minha vida naqueles tempos, em que a antiga fartura começava a escassear por causa da Grande Guerra. Ainda que nunca me faltasse comida, ficava cada vez mais difícil encontrar coisas de fora. Cervantes me ajudava a escapar do dia a dia, e eu era grato pelas aventuras do tonto que apanhava da realidade, enganado pela conversa boba e polida de Sancho. Não que eu fosse como o Quixote, nada mais diferente. Perdi a ingenuidade e a bondade ainda menino. Sabia onde pisava, era dono das minhas decisões e não me deixava levar por *ilusiones*. Ou pelo menos pensava assim naquele tempo. Aquela árvore heroica era mais uma mentira galega. Na igreja do *pueblo* onde nasci, não tão longe dali, eram duas as oliveiras. Mais bonitas, maiores. E nenhum soldado de Fernando e Isabel apareceu para cortá-las. Longe de Vigo, elas não incomodavam ninguém, só davam azeitonas.

A oliveira do Paseo Alfonso XII não estava lá por mim. Nem ela, nem as fábricas de conservas e o porto — os donos da riqueza de Vigo. As indústrias e os estaleiros tomaram o lugar dos pescadores e fazendeiros e mudaram a cidade em poucos anos, com muito dinheiro. Como repetiam os jornais, que lia de graça nos cafés, eram tempos de modernismo. E esse modernismo botava abaixo ruelas e becos para rasgar avenidas, passeios, trilhos de bonde. De onde antes se via um areal, agora soprava o cheiro forte da sardinha, que envenenava o ar dentro das *conserveras* erguidas na beira da *ría*. As casas baixas dos morros viravam edifícios. Perto dos arcos do Berbés, aonde chegavam os barcos para vender o pescado, a velha Vigo era pequena, com vielas e escadarias de pedra que deixavam as pernas das mulheres mais duras de tanto subir e descer, onde todas as construções tinham o mesmo ocre desbotado, as portas pequenas. O lugar onde a cidade nasceu ficou lá, preso à nova metrópole, que crescia para os lados e para o alto. Nem a oliveira escapou. Saiu do adro da igreja em que foi plantada e foi levada para a avenida, de onde assistia às mudanças, as folhas balançando a cada passagem do bonde.

Eu gostava da nova Vigo. Ia passear à toa nas vizinhanças do Teatro Timberlick, mesmo que tivesse de desviar meu caminho. Ali perto, o Café Colón era o ponto de encontro dos herdeiros — os jovens velejadores do Real Club Náutico e as moças de louça das famílias antigas. Não me importava com os lugares onde não era bem-vindo. Podia me sentir parte da Vigo moderna ao ouvir o foxtrote dos fonógrafos pelas calçadas e olhar as vitrines mentirosas com "as novidades de Paris". Nas ruas se ouvia gente falando línguas estranhas — alemães e ingleses que cuidavam dos cabos submarinos, capazes de enviar e receber telegramas através do Atlântico, e russos, franceses, estadunidenses. Circulava muito dinheiro, trazido da América pelos *indianos*, os imigrantes retornados depois de fazer fortuna. Eles construíam palacetes para a família e plantavam palmeiras nos jardins, mudas embaladas em Havana que cresciam na terra galega e se tornaram a marca dos novos-ricos. Alguns construíam escolas e hospitais depois de comprar o próprio conforto.

Os anúncios de desfiles de moda, *raids* de automóveis e banquetes literários que lia no *Faro de Vigo* e na revista *Vida Gallega* não combinavam com os mendigos, mutilados de guerra, ciganos e órfãos em quem eu esbarrava nas ruas. Nem com os camponeses que trocavam a enxada pela pá de pedreiro e davam forma aos novos prédios. Qualquer rua tinha o barulho da construção, o ritmo dos bate-estacas. Os cafés costumavam transbordar de gente, mas as mesas na calçada ficavam vazias. Existiam muitas cidades no mesmo espaço, e elas não conviviam bem. A guerra fez subir o preço do pão, levou as sardinhas para alimentar soldados no *front* e trouxe uma nova palavra aos galegos — carestia. E alguma coisa acontecia no interior. Aparecia cada vez mais gente de fora atrás de trabalho ou de embarcar para a América. O movimento de vapores de passageiros tinha caído pela metade desde o tempo em que saí do orfanato. Em seu lugar, havia navios da Armada alemã fundeados na *ría*, mas os escritórios de imigração seguiam abertos, e o cais ficava feito formigueiro a cada vez que um vapor se aproximava do porto. Navios saíam lotados para Havana ou Buenos Aires. Parecia que todo galego queria ir embora. E talvez fosse assim. Eu não fazia parte do mundo dos pobres que partiam pensando em ficar ricos e muito menos do mundo dos ricos que ficavam para explorar os pobres.

A minha Vigo era a dos sobreviventes. Onde as putas, depois da *faena*, davam abrigo a rapazes que não tinham para onde voltar e os marinheiros buscavam sexo rápido, brigas e bebedeiras. Gostava da boemia, do baralho, das *trampas* ao redor da rua Ferrería, a maior zona de meretrício da Galícia. Bebia vinho de garrafão, fumava cigarros negros e frequentava rodas de *cuplé* nos cafés do Berbés, com suas canções picarescas — quis fugir com todas as cantoras que passaram pela cidade.

Meus ouvidos estavam acostumados ao ruído seco dos tamancos nas calçadas de pedra, eu tinha o cheiro avinagrado das sardinhas na brasa. Sabia onde conseguir sobras da comida das *pulperías*, roubar roupas e sapatos, subir e descer dos bondes sem bilhete, entrar no cinema pela porta dos fundos com a sessão começada.

Assim que passei a viver por minha conta, ganhei dinheiro com estafas, iludindo pessoas no jogo e indicando putas a marinheiros em troca de comissão, mas logo o porto virou meu ganha-pão: apressava a liberação de carga com propina aos estivadores, pagava oficiais para virarem o rosto enquanto embarcava clandestinos, ajudava os contrabandistas. Era o *neno* amigo de todos, um faz-tudo que não corria das encrencas. Por isso, os ladrões do porto e os malandros dos bares gostavam da minha companhia. Jogava futebol — os goleiros se assustavam com meu chute de esquerda —, as moças diziam que eu era bom dançarino, tentava ser generoso quando podia. Nem sempre foi assim.

Nos tempos de menino, a cidade tomava a forma de luzes distantes, vistas da janela do orfanato da Igreja de São Francisco. Tinha sete anos quando saí de Traspielas. Meu pai só conseguia trabalho na semeadura e na colheita, de onde tirava as poucas pesetas que deveriam nos sustentar o ano todo. Havia uma horta no fundo da casa, com batata, couve, cebola e milho, e um galinheiro com aves magras que mal botavam ovos. Eu me divertia caçando pombas e lebres com meu pai, dividindo o tempo de silêncio. Sempre sobrava um afago ou um sorriso no rosto duro do velho, que costumava passar o dia olhando para o nada, sentado no tamborete armado no terreiro da casa, nos fundos do vale. Em geral, do meu pai só podia esperar surras com nacos de couro, a forma como me castigava por nada, às vezes só por estar perto na hora errada. Minha mãe viveu triste e calada, cansada dentro da roupa preta. Tentava chorar escondida enquanto fazia a comida e, apesar de falar pouco, sempre acabava as frases com pedidos a Deus, à Virgem, ao santo do dia. As outras famílias tinham muitas crianças, mas em casa era só eu. Minha irmã Antía morreu bebê — "Foi para o céu como um anjo, pela vontade do Senhor", falava minha mãe. Ela nunca mais teve filhos.

Dona Ermínia, a benzedeira, disse que ela havia perdido as regras. Eu, com quatro ou cinco anos, ficava curioso sobre quais regras eram aquelas de que falava a mulher banguela, com ramos de alecrim presos na orelha e colares que davam muitas voltas no pescoço. Dona Ermínia sempre aparecia em casa quando alguém ficava doente, rezava com palavras assopradas que ninguém entendia, o dedão empurrando a testa. No fim, remexia as mãos, aumentava o volume com voz brava, como se fosse mesmo capaz de espantar o mau-olhado de dentro das pessoas com acenos e xingamentos. Eu não gostava dela. Depois que ia embora, minha mãe me trancava por dois ou três dias. Dizia que meu espírito estava fraco e eu poderia pegar quebranto outra vez se fosse visto por gente invejosa. "Esse não se cria", dizia a benzedeira diante da magreza, que aumentava o tamanho do meu nariz e das orelhas. Ela sempre acabava a visita dizendo essa estupidez. E minha mãe caía no choro ao ouvir o vaticínio.

"Quando sair, vai levar a fita amarrada", repetia a velha, depois que a benzedeira ia embora. Eu tinha vergonha de usar aqueles fios vermelhos no pulso. Dona Ermínia colocava os cordões dentro da boca, e eu sentia nojo da sua baba no meu braço, mas até na missa era obrigado a levar a tal fita, puxando a manga para escondê-la do padre, para quem os fiapos eram uma blasfêmia, ainda que fossem trançados ao meu corpo na companhia de tantos pais-nossos e ave-marias. Minha mãe era tão católica, eu não entendia por que apelava a uma bruxa a cada febre. Por que não rezava mais alto e pronto?

Costumava ficar sozinho em casa até que meu pai voltasse do campo a tempo da sopa boba, um caldo ralo com o que estivesse à mão, nossa única refeição do dia — a mesma ração servida nas igrejas para os indigentes, descobri depois. Nos últimos tempos em que passei com ele, era o que tinha para comer. Deitado no colchão de palha, eu olhava as estrelas cruzarem as frestas do telhado antes de dormir. Gostava de brincar seguindo o caminho das formigas ou inventando soldados com cascas de árvore e de explorar o mato quando buscava lenha para o fogão. Meu lar era enfumaçado e triste, com o fedor do broto da cebola velha; um único cômodo com piso de madeira, a cozinha na entrada, o lençol estendido no fundo para separar a cama do filho da intimidade do casal. As paredes de pedra tinham buracos por onde os insetos entravam.

Nunca soube o que matou meu pai. Não me disseram, não perguntei. Estava sentado no tamborete do velho, perto da mesa. Havia esperado por ele mais do que de costume quando o vizinho Solano entrou em casa. Disse que acontecera algo ruim com meu pai e eu nunca mais o veria. Não me lembro se chorei, só que o segui pela senda e nunca mais vi minha casa. Minha mãe morreu meses antes, "de tristeza", como ouvi no velório. Acho que nem tinha trinta anos, mas as rugas pareciam as de uma velha, a boca fina e puxada, com um resto de tosse nos cantos, a pele sem cor, os cabelos finos e presos, os ossos dentro do vestido surrado. Meu pai cuidava de mim como podia. Repetia que eu precisava deixar a casa limpa, ajudar com a comida. Depois que a velha se foi, a conversa ficou cada vez mais minguada, até que paramos de falar um com o outro.

"Ele morreu, o patrão veio avisar", falou Solano, um homem pálido como os pés de milho no verão, e não disse mais nada. Fiquei feliz de ir para a casa dele. O filho mais velho de Solano tinha a minha idade, era meu único amigo — mas estava dormindo e nem me viu chegar. De manhã, vestido com a melhor roupa de Tiago, acompanhei a família do vizinho à igreja. O pai à frente, com os bebês gêmeos no colo, a mulher puxando a menina de cinco anos. Meu velho estava descalço no caixão, as unhas sujas de terra, deitado embaixo da imagem da Virgem Maria, perto da nave. O nariz parecia ainda maior e mais fino com o roxo na ponta. A boca ensaiava um sorriso torto, e poucos fios da barba preta espetavam o rosto sem cor.

Tal como no enterro da minha mãe, o padre falou umas poucas palavras em latim — eu acho, não entendi direito —, e o caixão foi carregado por quatro homens até o cemitério, nos fundos da igreja. Pelo peso do velho, dois bastariam. Quando chegamos na vala, não havia cruz para identificar o defunto, e ele foi baixado na cova rasa. Alguém me disse para jogar um punhado de terra em cima do caixão. Obedeci, e me tiraram de perto enquanto os coveiros cobriam o buraco no chão.

A casa de Solano era pouco maior que a nossa. Havia uma saleta, a cozinha e o quarto grande dividido pelo casal e os quatro filhos. Da cozinha, onde me acomodaram, ouvi a mulher sussurrando: *"Unha boca a máis, home. O que imos facer co neno?"*. Solano já sabia o que fazer para se livrar da boca extra e me levou embora assim que pôde. Caminhamos a manhã toda e paramos à sombra de um castanheiro seco para comer, o sol a pino.

— Por que Tiago não veio? — perguntei, na primeira vez em que falei desde que deixamos a casa.

— Ele não pode ir para onde vou te levar, tem de cuidar da mãe.

Mais algum tempo e chegamos a uma igreja. Solano pediu que esperasse por ele no adro e nunca mais voltou. Fiquei muito tempo sentado no banco de madeira fria até que dois rapazolas vestindo batina apareceram e perguntaram meu nome.

— Bernardo — disse, a cabeça baixa.

— Bernardo do quê? — devolveu o que parecia mais velho. — Fale mais alto.

— Bernardo Gutiérrez Barrera — repeti, como aprendera com meu pai. Ele também se chamava assim.

— Venha comigo! — gritou, engrossando a voz, o tom ríspido com o qual me habituaria dali por diante.

Fui atrás deles pelas ruas de pedra até o orfanato. Lá passei os dez anos seguintes.

— Vai aprender a viver como cristão. Se for bom aluno, obedecer aos irmãos, fazer o que mandam, seguirá para o seminário e será um de nós — disse o padre, a mão pesada no meu ombro, o rosto bexiguento, o hábito grosso mal cobrindo o pescoço vermelho, assim que entrei no orfanato. Falava bem de perto, devagar. Parecia mesmo que me dava as boas-vindas. Acompanhei o cura, segurando sua mão, até um salão cheio de beliches, onde indicou minha cama. Cheirava a mijo. Mandou que eu me sentasse — o colchão estava úmido — e fez a mesma coisa, encostando o corpo

em mim. — Aqui tem uma muda de roupa e um par de tamancos. Pode se vestir.
— Agora? — perguntei. — Aqui?
— Não vou sair. Vá, agora.

No orfanato, aprendi a ler, escrever, fazer contas, apanhar, bater e resolver meus problemas. Não fiz nenhum amigo. Uns poucos — os efeminados, os mais espertos — viraram padres. A maioria saiu de lá e foi tentar a vida na cidade.

— Desistiu, Bernardo? — quis saber Aingeru. — Vai mudar de ideia agora?
— Que não, em marcha. Vamos para o mundo.

Dei as costas à oliveira e descemos em direção ao porto. De longe já se via o navio, ancorado no meio da *ría*, diante da Estação de Passageiros, com sua única chaminé, o grande tombadilho quadrado projetado para a frente e o nome em letras maiúsculas na proa, pintado acima do casco negro: *Demerara*.

2

Conheci Aingeru na véspera do embarque. Tomava sidra e jogava baralho quando senti que alguém observava minhas cartas por trás do ombro. O bar era pequeno, a mesa ocupava um pedaço da calçada, e eu estava de costas para o balcão. O que ganhava nas apostas garantia a bebida da noite. Ganhava sempre e bebia muito. Terminada a rodada, resolvi me aliviar no muro próximo enquanto o parceiro contava os pontos da mão. Passei pelo sujeito: alto, magro, cabelos compridos, finos e sujos cobriam metade da cara, que não inspirava confiança, a bolsa de couro presa por um naco de corda, roupas puídas com cheiro de suor antigo.

Estava concentrado, desenhando nuvens no muro com o jato de urina, quando ouvi o sotaque francês.

— Você roubou daqueles velhos, não?

Esperei o corpo eliminar o mijo, chacoalhei o pau e me virei, fechando o botão da braguilha.

— Quem é você para me acusar? — A mão esquerda indo devagar na direção da adaga presa no cós da calça.

Ele riu, revelando os dentes da frente separados, e levantou os braços em gesto de quem não queria briga, de que o jogo não era problema seu.

— Umas pessoas no porto disseram que você pode me ajudar. Sou Aingeru, acabo de chegar de Santiago. Você é o Bernardo, não? — disse.

— E de onde você vem é costume espiar gente mijando? Quem falou de mim?
— Um certo Ortiz, da Alfândega.
— Você quer ir para a América — afirmei.
Ortiz era famoso pela cegueira diante de contrabando e do embarque de clandestinos. Andava mal de amigos, o francês. O *langrán* da alfândega tinha fama de dedo-duro e ladino.
Aingeru mostrou umas poucas notas amassadas que tirou do bolso. Ofereceu-se para pagar uns tragos e fomos para o balcão. Contou que fugiu da França para escapar do alistamento. Conseguiu enganar o exército por quase quatro anos, mas o cerco se apertou, e falava-se da ofensiva final depois da entrada dos Estados Unidos na guerra — qualquer homem capaz de segurar um rifle estava sendo convocado na França, disse. Basco de Iparralde, cruzou a fronteira pelas trilhas dos Pireneus e não teve problemas com a polícia na Espanha. Chegou à Galícia pelo Caminho de Santiago, comendo, bebendo e dormindo de acordo com a bondade oferecida aos peregrinos por moradores, igrejas e mosteiros.
— O melhor jeito de atravessar a Espanha de graça, e ainda vou pisar na América sem pecados. — Riu.
— E sem dinheiro. Quanto imagina que vai pagar para entrar escondido num vapor?
— De verdade? Nem um *duro*. — E caiu na risada de dentes tortos outra vez.
Agradeci a bebida e ia voltar para a mesa de jogo, que não sou de perder tempo por nada, mas ele pediu mais uma rodada, e não se dispensa um *clarete*. Eu estava acostumado a conhecer as razões de quem queria se arriscar do outro lado do mundo. Eram histórias curtas, de camponeses que deixavam mulher e filhos com os pais ou sogros e iam tentar a sorte sozinhos, "fazer a América". De lá, traziam a família ou voltavam para abrir um negócio na Galícia — gente que acreditava que ia ficar rico, mas não tinha nem as duzentas e cinquenta pesetas para pagar a passagem. Por trinta, eu e

meus camaradas oferecíamos a viagem como clandestino. "Não emigra quem quer, mas quem pode", se dizia no porto. Eu sabia que os *indianos* que voltavam milionários eram a exceção, e não a regra. A mim, pouco importava. Desde que pudesse enfiar umas moedas no bolso, tratava logo de combinar o preço e me livrar do viajante. Mas de Aingeru ouvi novidades naquela noite, sua história era muito diferente das contadas pelos galegos. Estava mais a gosto ali do que com os jogadores. Se o que eu queria era beber sem pagar, melhor ficar no balcão e aprender coisas que não sabia.

— Onde nasci, diziam que a cidade basca mais bonita era Donostia, ou San Sebastián para os *espainiako*. Fui lá depois de entrar na Espanha. Você já foi? — perguntou Aingeru.

— Não, nunca tirei os pés de Vigo — disse, seco.

Aos doze anos, na única vez em que saí da cidade, segui em romaria com o pessoal do orfanato até Santiago de Compostela para ver o apóstolo, pelo Caminho Português. Quase todos no orfanato tocavam na banda, e nos apresentamos na praça diante da Porta Santa.

— Ah, não tem nada mais bonito que olhar para a baía de La Concha iluminada, comendo *pintxos*. As meninas de San Sebastián são doces...

— Para os bascos pode ser. Elas falam uma língua que só vocês entendem e não gostam de estrangeiros, dos *espainiako*, como diz você. Conheci alguns bascos por aqui e nunca vi povo mais fechado. Não é gente que me agrade.

— Mas eu sou de *Euskal*, me dá igual estar na Espanha ou na França, nós, bascos, chegamos aqui antes das fronteiras. A cidade é linda, encontrei uma pensão barata, arrumei uma namorada e resolvi ficar. Queria viver ali para sempre, entre os meus.

— Se gostou tanto de lá, por que atravessou a Espanha inteira até a Galícia, *coño*?

— Já ouviu falar da peste?

— Peste? Em que mundo você vive? A peste da luz elétrica, dos automóveis? Francês, que peste é essa que te fez cruzar um país a pé? Medo de morrer? Para morrer basta estar vivo.

— A doença, Bernardo. Tenho medo da doença que você pega só de olhar para outra pessoa. A que entra no seu corpo sem que você saiba. Não é a sífilis que vem pelo pinto, essa ninguém sabe como entra no corpo. Vi isso em San Sebastián, pessoas escarrando, com febre, sem força para respirar. Isso mata mais que a guerra. Parece que todos estão doentes na cidade. Gente de cachecol em pleno verão, já viu isso?

— Que conversa besta. É só o *trancazo*, a *morriña*, o *mói-ossos*. Até o rei está doente. Derruba o sujeito, mas não mata ninguém. Sabe como os jornais chamam a gripe em Vigo? A doença da moda. Ela vem todo ano, às vezes mais forte, às vezes mais fraca, mas sempre aparece.

— Gripe no verão? Soube que as escolas estão sem aulas em Madri, as férias começaram mais cedo por causa dos doentes.

— Parece que é fácil pegar, só isso. Dia desses a Sanidade apareceu na rua Ferrería e fez a limpeza dos prédios. Estão cuidando da cidade, não tem nenhum perigo aqui.

— O *trancazo* deixa velhos e crianças doentes, não marinheiros. E rei não pega gripe, *hombre*. Não se trata a peste limpando puteiros com creolina.

Se eu desse trela, Aingeru seria capaz de explicar de onde vem a língua dele, que ninguém mais fala e entende, só os bascos. Tinha o olhar assustado, como se fosse sair correndo a qualquer momento, mas não parava de contar histórias. O que li nos jornais é que um buque da Armada estava na ilha do lazareto depois que metade dos marinheiros caiu doente. Mas todos estavam vivos, se recuperando. Quem pode ter medo de gripe? No orfanato, todo ano os meninos ficavam de cama, mas morriam mesmo de tuberculose ou disenteria. A única coisa fora do lugar era a época, o *trancazo* vem no outono ou no inverno. Nisso o francês tinha razão.

— Por que não vem comigo para a América? A peste não vai cruzar o oceano —convidou Aingeru.

DEMERARA | 21

— Tome sua bebida, *home*. Por que deixaria Vigo? Tenho tudo o que preciso, minha vida está aqui.

— Sua morte pode estar também, não vê?

— Amigo, aqui morremos de coisas piores. — E foi minha vez de rir.

— Qualquer vida vai ser curta por estas bandas. Ouvi dos peregrinos que a Virgem Maria apareceu em Portugal no ano passado, você sabe disso? — disse Aingeru, mudando para um assunto que eu não gostava.

— Até os mendigos contam a história dos pastores de Fátima que viram a Virgem. Foi perto daqui, a notícia se espalhou depressa. Parece que tempos depois o Sol se aproximou da Terra e dançou no céu na frente de uma multidão. Os padres estão em êxtase, dizendo que ela veio anunciar a volta de Jesus Cristo. O que sei é que, se eu olhar muito para o Sol, vou acabar cego feito esses carolas portugueses que acreditam em milagres. Jesus não anda de bonde nem vai ao cinema. Milagre para mim, francês, é um dia depois do outro. É chegar na cama e poder fechar os olhos para dormir sabendo que vou acordar de manhã.

— O que a Virgem Maria veio fazer na Terra, *hombre*? Apareceu para anunciar o fim do mundo. Tudo está virado. E vai começar...

— *Me cago en la Virgen* — cortei.

— Que o Santíssimo te perdoe. — Arregalou os olhos e se benzeu. — Vou fazer vinte e três anos. Quantos você tem?

— Dezenove, por quê?

— Estou aqui para fugir da guerra e da peste. Tenho a vida toda pela frente. Vou entrar em um vapor com ou sem a sua ajuda. Se eu fosse você, faria a mesma coisa. Somos jovens...

— Amigo, se você tem dinheiro, eu te enfio no navio que escolher até o porto aonde quiser chegar. Agradeço a bebida, apreciei a sua história, entendo que queira sair correndo da Galícia, mas vou voltar ao jogo com os patrícios.

— Só mais uma coisa. Você acha que esse rei vai durar muito no trono? A Espanha é um cesto de escorpiões. Catalães, bascos, castelhanos, galegos, monarquistas, anarquistas, bispos, operários, caciques... todos odiando todos. Por onde passei, vi confusão. Greves, polícia atirando na própria gente. Você acha isso certo?

— Francês, vivemos assim desde que a Espanha é Espanha. Se conseguir o dinheiro, procure por mim no pátio da Estação Marítima. *Estamos?*

— E, se a guerra não acabar logo, vocês vão continuar neutros? Quer morrer nas trincheiras? Ou vai continuar nessa vida de tirar trocados de velhos e de pobres? — perguntou Aingeru. Jogou umas moedas no balcão e seguiu na direção da estação de trem.

— Leve o dinheiro se quiser embarcar — eu disse, o francês já dobrando a esquina.

Acordei vestido com a roupa da véspera e com uma ressaca que fazia doer os olhos. Boca e garganta rachadas de tão secas. Estiquei o braço devagar para alcançar a moringa na mesinha. O que dizia o francês? A Virgem veio anunciar o fim do mundo? Por que ela não falou aos pastores que era hoje, ressaca desgraçada? Guerra dentro e fora da Espanha, a peste. A água aliviou o corpo, mas a cabeça doeu mais ainda. Justo no dia do dinheiro grosso, do contrabando dos *puros*? Precisava ficar bom logo, passava do meio-dia.

O que a América poderia me dar que já não tivesse em Vigo? Ouvia histórias de cidades que não paravam de crescer, trabalho à farta, dinheiro circulando, mas minha cidade também era assim. A ideia de ir para o outro lado do mundo passava pela cabeça de todo galego. Pensava nisso nos tempos de orfanato, no *El Dorado* americano, com árvores de pesetas, onde ninguém me conhecesse, não soubesse que era um órfão que virou malandro quando poderia ter sido padre. Uma boa vida, uma mulher direita, filhos correndo pela casa, um negócio próspero. Assim me via em Buenos Aires ou Havana. Tinha estudo, não seria um proletário que ganha o dia assentando canos de esgoto.

Lembrava desses sonhos de menino quando passava pela estátua de Colombo, o braço de bronze apontando para o oeste — naqueles tempos, o assunto dos cafés era que ele teria nascido na Galícia, não em Gênova. Mas e daí? A América não era mais da Espanha, não dava para esperar nada de lá a não ser os soldados aleijados que voltaram da Guerra de Cuba e não se cansavam de falar do próprio heroísmo que, no fim, não deu em nada além da humilhação. Recordações de quando eu era um nada, sem pai nem mãe. Agora gostava de mulheres e de bebidas. E isso, com pouco dinheiro, Vigo me oferecia. Enfim, era hora de começar o dia. Levantei da cama ainda zonzo, peguei o cigarro na penteadeira e fui até a janela, segurando a ânsia. Pelas frestas da veneziana, as pessoas se apressavam para voltar ao trabalho depois da sesta, Vigo continuava a mesma. E eu tinha Amália.

3

Amália era a dona da cama em qûe eu dormia quase todas as noites. Eu a conheci no mercado A Laxe, que como quase tudo em Vigo acabara de ser inaugurado. Para a felicidade da vizinhança, foi erguido com a intenção de tirar os vendedores de peixe e o mau cheiro das ruas, mas o fedor do pescado estava tão entranhado nas pedras do calçamento que dava para senti-lo em dias de sol forte — não havia água que bastasse para tirar o bodum. Andei até lá apenas para ver o movimento da praça em frente, perto da Estação Marítima, no domingo de manhã. Como tinha alguns trocados e tossia sem parar por causa do vento, resolvi entrar no mercado.

Ela era magra e morena, com peitos pontudos que empurravam para cima o vestido justo, coberto por um xale de lã. Tinha cabelos pretos que desciam até o meio das costas e estava do outro lado da banca de frutas quando reparou em mim com aqueles olhos meio oblíquos. Descarada, ofereceu uma pera depois de morder, esticando o braço em minha direção. Passeamos pela praça e depois tomamos café na esquina. Disse que trabalhava a noite toda e aproveitou que estava sem sono para comprar peixe fresco. Fomos juntos até seu prédio, um puteiro como tantos perto do porto. Dividimos um cigarro na porta, antes de eu ir embora. Conhecia poucas mulheres que fumavam, mesmo entre as putas. Cigarro era para homem, para todos os homens. Não tinha um conhecido que não fumasse. Mas parecia um objeto grosseiro nas mãos das mulheres, não combinava. Amália tragava e soltava a fumaça aos soquinhos, devagar, a boca fazendo bico. Eu achava bonito. Mais que bonito, na verdade. Estava na moda uma palavra francesa nos puteiros de Vigo, charme. Amália fumava com charme. O cigarro em seus dedos a deixava elegante. Gostava de vê-la falar enquanto soltava a fumaça entre as sílabas, parecia que sua voz esquentava. E aquilo me dava vontade de beijá-la.

— Quando te vejo de novo, bonita?
— Amanhã, nesta mesma hora. Você quer?

Claro que queria. Queria muito aquela morena. Passei o dia atrás de jeitos de ficar bonito. Tomei banho, arranjei roupas limpas, cortei as unhas do pé, juntei dinheiro e, depois de beber no bar de Estevánz, fui ao encontro de Amália com um buquê que juntei pelo caminho, arrancado de floreiras pelas ruas. Ela estava na sacada e, com o ombro, indicou a escada. A entrada do prédio dava para uma sala oval, que distribuía o fluxo dos clientes aos corredores e dali aos quartos, subindo as escadas. O verniz lascado do piano, mudo em um canto, refletia os raios de sol que entravam pela janela. Garrafas e taças de vinho estavam largadas, meio cheias. Tudo cheirava a sexo, urina e tabaco. Amália apareceu na sala e me tirou dali antes que eu pudesse ser visto pelas arrumadeiras. Ela me esperava com um vestido que mostrava os joelhos. Soube logo que não levava nada por baixo. Os cabelos soltos estavam fora de lugar, um dos olhos tortos mirava a ponta do meu nariz. Fechei a porta atrás de mim e arrisquei um beijo. Amália desviou o rosto enquanto me abraçava forte. Foi quando lembrei de dar-lhe as flores, esmagadas entre a parede e as minhas costas. Ela caiu na gargalhada, a boca grande e aberta, os dentes bonitos.

— Quem leva flores a uma puta? — perguntou, e comecei a rir também.

— Quem beija boca de puta? — respondi com outra pergunta.

Ela ajeitou o buquê como pôde em um vaso de cerâmica sobre a mesinha. O quarto parecia limpo. O lençol, foi fácil perceber, havia acabado de ser trocado na cama de casal que dominava a habitação. No toucador, alguns perfumes, o pente sevilhano, o Santo Antônio de madeira e a vela acesa. O guarda-roupa tinha um espelho grande e mostrava a cama, como para animar o cliente com o próprio desempenho — eu mesmo gostava de me ver ali na hora do sexo. Também me lembro do jarro de latão e da bacia com água. Perto da porta, a escarradeira de ferro fundido com areia dentro parecia fora de lugar, desalinhada da parede.

— Beije meu pescoço — pediu. — *Venga. Despacio, cariño.*

Fiquei um tempo deitado ao seu lado, vendo seu peito subir e descer devagar, marcando a respiração. Encontrei um cigarro amarfanhado no bolso da camisa, largada em cima do móvel, e saí da cama para procurar os fósforos. Eu me sentia bem, alegre. Lembro que o sexo começou no orfanato, os internos mais velhos submetendo os menores no banheiro, os padres que se esfregavam nos meninos. Só conheci mulher quando fui para as ruas. Nas putas me vingava — bombava forte até gozar e começar de novo antes que o tempo acabasse. Agora, não. Tentei dar prazer a Amália só por dar, para vê-la *cachonda*. Ela me acariciava como se faz com um *neno*, delicada, amorosa. Beijava meu peito, passeava os dedos compridos de leve na minha barriga, fungava no meu ombro. Tudo o que fazia parecia bom e me deixava feliz.

Era um casamento fora de lugar. Dois namorados, de mãos dadas no passeio à beira-mar quase todas as tardes, trocando histórias mentirosas, brincando, fazendo cócegas e carinhos um no outro, falando mal dos conhecidos e arrumando apelidos para eles. À noite, nunca. Amália trabalhava, eu seguia para os bares. Quando podia, a visitava de madrugada, e nos amávamos até o dia amanhecer.

Amália nasceu perto de Granada e trouxe da Andaluzia o corpo que parecia uma guitarra *gitana* e o falar que comia as últimas sílabas, *"¿Un cortao?"*, dizia, ao me convidar para o café. Gostava de mexer no meu cabelo e puxava minha barbicha quando queria dividir segredos. Era mais velha do que eu, mas nunca soube sua idade. Sua história era a de todas as putas: conheceu um rapaz, engravidou, perdeu ou tirou o bebê, foi expulsa de casa, excomungada pelo padre do povoado e saiu pelo mundo. Só sei que gostava de estar perto dela, da sua risada e até de sua fúria. Quando estava brava, dizia que Vigo era uma cidade úmida e embolorada, onde nunca parava de chover, cheia de galegos burros e mal-humorados — que, quando pudesse, voltaria a Granada, pediria perdão à família e cuidaria da mãe doente. Arrumaria um marido trabalhador, não um vagabundo como eu, e teria oito filhos, todos cristãos e tementes a Deus. Iria à missa aos domingos pedir perdão pelo tempo em que viveu em pecado, daria dinheiro à Igreja e seria uma senhora respeitada, invejada pelas damas e a quem os homens tirariam o chapéu nos passeios. Varreria o passado da cabeça, cumpriria os deveres de mãe e nunca mais se lembraria dos tempos de meretriz.

Chegava no prédio, o sol começando a raiar, para namorar com ela. Quando o resto do mundo voltava ao trabalho depois da sesta, eu começava o dia. Sentia falta da andaluza o tempo todo. No começo ficava enciumado, pensando em quantos homens diferentes entravam na mulher que eu gostava. Meus colegas de porto que a conheciam faziam piada, desejando que eu "apreciasse a sopa". Mas, quando entrava no quarto, Amália estava de banho tomado, cheirosa e pronta para o amor. Acabei me acostumando rápido — "É como ela ganha dinheiro, já era assim quando a conheci" — e me convenci de que, afinal, era de mim que ela gostava, comigo fazia amor com prazer, e não asco; por vontade, não por dinheiro. Ela sempre tinha um novo carinho, um jeito de subir e descer, falava coisas bonitas no meu ouvido. Gostava de ver sua cabeleira espalhada no meu peito depois do sexo. Mexia nela com os dedos, depois descia pelas costas até os quadris. Dividíamos um cigarro, e então ela dormia. Os dias eram assim. E me bastavam.

Minha cabeça doía, oca como o sino que chama para a missa. Há tempos não me emborrachava tanto, maldito francês. O primeiro cigarro do dia me deixou tão enjoado que quase vomitei. "Ai, Virgem, não me apareça agora, respeite meu estado", pensei, lembrando da conversa da noite. Joguei a ponta pela janela, lavei o rosto na bacia e coloquei a mesma roupa da véspera. Fui até a cozinha atrás de um café e de algo para comer.

— Placeres, você por acaso viu Amália hoje? — perguntei à cafetina, que atendia a mesa das meninas, apanhando o bule no fogão.

— Não, Bernardo — respondeu, com sua grossura habitual. Amantes não eram bem-vindos ali. Placeres mostrava isso toda vez que falava comigo. Dizia que homens que não pagavam atraíam outros vagabundos, espantavam os fregueses com dinheiro. Não bastasse, tomavam seu café.

Voltei ao quarto com a caneca ainda quente e só então encontrei a letra tosca de Amália em uma meia folha de papel sobre o toucador:

> Bernardo *cariño* não consigo falar isso olhando para você e por isso deixo esta mensagem vou para Granada e não sei se volto minha família precisa de mim amor Amália

Que grande filha da puta! Ir embora sem falar comigo, sem explicar, sem dividir a razão. Sem saber se eu concordava. Era assim que estava acostumado, desde que nos conhecemos. Não havia segredos, nunca precisamos deles. Ela gostava de mim, isso eu sabia. Li, reli. Parecia que jamais entenderia o bilhete. A família não a tinha mandado embora? A cidade em que nasceu não cuspia nela quando passava? O que tinha para fazer lá? Como um tonto, tentei encontrar lógica naquelas palavras jogadas. Pensei em perguntar às meninas, mas tive vergonha. Ia e voltava à mensagem. Trinta garranchos em linhas tortas. Foi o que mereci?, a cabeça latejando, sem atinar. Como ela pôde ir embora? Sentei na beira da cama, ainda com seu cheiro, e chorei pela primeira vez desde que saí do orfanato. Lágrimas grossas, lágrimas de menino, mãos em concha sobre o rosto. Desacorçoado, me dei conta de que aquela mulher, aquela puta, aquela filha da puta era a única pessoa no mundo de quem eu precisava, com quem eu sempre estava à vontade, desarmado: confiava nela e só nela. Por que me abandonou daquele jeito?

— Amália, Amália! — Ouvi a voz de Placeres.

— O que você sabe, Placeres? — perguntei, assim que abri a porta.

— Vim por ela, não por você. Aqui não é costume ouvir choro de homem — disse.

— Ela foi embora.

— A vaca me deve. Quem falou que ela foi embora?

Levantei da cama e abri a gaveta em que guardava meu dinheiro. Vazia, como imaginava. A cafetina estourou numa risada.

— Mais um moço apaixonado pela puta. É sempre a mesma coisa, rapaz. Ela não é má, só seguiu sua natureza. Decidiu mudar, cansou. Não tinha nem para ela e ainda era obrigada a te sustentar.

— À merda, Placeres. Ela me roubou, a vagabunda.

Juntei o pouco que era meu espalhado pelo quarto, desci para a rua ainda zonzo e entrei no café da esquina.

— *Buenas*, Manolo. *Viva las damas* — cumprimentei o dono. Pedi um cortado e fui para o canto do balcão buscar o jornal. Encontrei um troncho *ABC* de Madri, de dois dias antes. Não gostava de ler jornais descabelados, mas era raro ver diários da capital no café de Manolo. A manchete falava da enfermidade que se espalhava pelas trincheiras. "Os hospitais de campanha têm mais vítimas da doença que feridos da guerra." Os soldados a chamavam de febre dos três dias, praga das trincheiras, mal francês. Outro artigo dava conta dos casos nas províncias, que se espalharam a partir da fronteira.

Ao que parecia, um terço da população de Madri estava com o "catarro russo", o nome que a doença ganhou na Espanha. "Os sintomas são semelhantes aos da pneumonia, mas o que intriga os médicos é o número de enfermos jovens. Algumas repartições públicas não estão funcionando, cinemas e teatros fecharam as portas, os bondes pararam de operar, e as aulas estão suspensas desde a semana passada", informava o jornal. Olhei para a rua. As pessoas passavam tranquilas, crianças segurando a mão dos pais, gente passeando com cachorros, os velhos, suas bengalas, seus bancos de praça perto da oliveira.

— O que acha da doença da moda, dom Manolo? — perguntei.

— Não conheço nenhum doente, Bernardito, acho que é só a *morriña*. — Deu de ombros e virou-se para outro freguês que pedia alguma coisa.

Bebi o café devagar. Tinha um bom dia pela frente. O contrabando de charutos podia render até dez pesetas para gente como eu, remador e coletor da mercadoria. Carga pequena, leve e cara, a melhor de todas. Em duas horas ia encontrar os rapazes na ponta da praia, quando acabam os estaleiros. No meio da noite, se tudo desse certo, os *puros* já estariam escondidos. Na manhã seguinte, poderia comprar um *havano* no café de dom Manolo, pago com meu dinheiro fácil.

— O senhor tem algum caldo? Com pão e azeite, por favor. E uma cerveja.

4

No caminho até a praia, passei pela Igreja de São Francisco e deixei uma moeda no esmoleiro. Sempre fazia isso e nunca entendi por quê, não gostava de igreja e achava o santo um tolo que se acreditava capaz de falar com os bichos. Depois do morro, desci para a beira da *ría* e segui pela orla até a praia, adiante. O trabalho era buscar a mercadoria em navios fundeados e levá-la para terra firme. Passava de tudo: cigarros americanos, charutos cubanos, bebidas, café. Em botes pequenos, chegava no lugar combinado, carregava os fardos e esperava anoitecer para voltar. Em terra, bastava encher as carroças na praia. Os rapazes recebiam o dinheiro ali mesmo. Caminhei pelo areal tentando tirar Amália da cabeça. Bastava a ela falar comigo, eu entenderia suas razões, imagino. Por que preferiu sumir, como cuspe na brasa? Demorei tanto a confiar, e ela mostrou que eu era um idiota na velocidade do espirro. Os botes esperavam na praia. Pelo visto todos já estavam prontos.

— Bernardo, você não — disse o barqueiro.
— Como não?
— Fique aí, já falo contigo. Hoje você não entra.

No mar, o dono do barco é quem manda, e não se discute. Só embarca quem ele quer, quanto mais em viagens de contrabando. Fumei todos os cigarros do maço e esperei quieto, sentado em uma pedra. Primeiro Amália e agora isso, ficar longe do dinheiro? Só faltava não encontrar lugar para dormir. Até o contrabando tinha diminuído em Vigo, a polícia marítima circulava pelo porto, e dobrou o número de barcos de patrulha na *ría* por causa da guerra.

Falava-se que o motivo era a presença de submarinos para o lado das ilhas Cíes, que paravam ali para abastecer. Quem comandava a operação era um velho alemão mutilado conhecido na cidade como *El Cojo*. Alguns amigos foram contratados por ele, que comprou três ou quatro barcos de pesca. Não era difícil encontrar alemães com marinheiros galegos no mar.

— Bernardo, pelo que soube, seu último trabalho para dom Sergio não teve um bom fim — disse o *capitán* quando apareceu. — Você não embarca agora nem até resolver isso. E não é comigo, é com ele.

Duas semanas antes, a polícia apareceu na praia no meio do desembarque, lanchas vieram do mar, com luzes na proa. Os rapazes foram cercados, e fiz o que se faz nessas ocasiões. Larguei o saco que carregava e fugi pela areia. Estava do outro lado da *ría*, olhando para Vigo. Andei até encontrar o barco para a travessia e esperei ser chamado mais uma vez por dom Sergio. Gostava dele e acreditava que ele de mim. Quando estava para os lados de Redondela, almoçava no seu restaurante. Ele me saudava e pedia mais um prato em sua mesa: "Cortesia, cortesia ao amigo". Às vezes me oferecia trabalho. Era o chefe do contrabando, abastecia Madri e Saragoça. Qualquer coisa que pudesse entrar na Espanha sem pagar imposto tinha o dedo do velho. Assim como abria, ele fechava as portas do porto.

— Vou me entender com ele, *capitán*, agora mesmo.

— *Chaval*, olhe o que diz. A história que circula por aí é que você voltou depois do cerco, resgatou o pacote e vendeu na cidade. O velho acha que você é um traidor. Estão atrás de você, te marcaram. Vão te entregar à polícia depois de uma surra. Está fora do jogo. Não vale a pena se arriscar por você. Que merda fez?

— Mas isso é mentira, vou falar com dom Sergio.

Não era mentira. Voltei e recuperei as caixas escondidas numas moitas. Mas não vendi nada. Como bom idiota, distribuí os cigarros americanos para os amigos. Alguém me caguetou para o velho.

Uma das táticas de dom Sergio era entregar gente pequena do contrabando para manter suas boas relações com a lei, para a polícia cumprir sua cota de prisões. E, quando a polícia sabia a quem procurar, bastava pegar a direção do porto. A contravenção estava toda ali, e policiais, de terra e de mar, também levavam o seu para fazer vista grossa e, por vezes, ajudar no truque. Nunca vi prenderem contrabandista rico. Quem teria me delatado? Alguma coisa acontecida em outro lugar, por outra razão, e não tinha ideia de quem poderia ser o filho da puta. Um conhecido de quem roubei no jogo, ou para quem não dei o dinheiro combinado de alguma *trampa*, como saber? Se a polícia estivesse mesmo atrás de mim, não perderia apenas as encomendas de dom Sergio. Ninguém ia me querer por perto, e eu precisava ser mais rápido que a notícia. Decidi correr até o porto para me inteirar do que estava acontecendo e planejar o que fazer. Velhos amigos me evitaram. As conversas não iam além de uma saudação fria seguida de desculpas para saírem de perto de mim o mais depressa possível. Um dos marinheiros avançou a conversa:

— Bernardo, conheço você faz tempo, mas dizem que anda desviando mercadorias de dom Sergio. Ninguém vai te ajudar, amigo. Você sabe bem o que acontece com quem o engana.

— *Coño*, que não traí o velho. Como podem dizer isso? Por que ia mexer justo com dom Sergio? Acha que quero descer amarrado a uma pedra até o fundo da *ría*? Deixei um saco de contrabando na areia. Foi só o que fiz.

— É o que dizem. Quem sou eu para dizer se é verdade ou não? Mas o que fica é a fama. E todos estão de olho em você. Ninguém se mete com as coisas dele. E, se você fez isso, é um estúpido.

— Vou falar com dom Sergio agora mesmo e resolver essa situação.

— Quer um conselho, garoto? Caia fora. Ele não vai falar com você. Se tem culpa ou não, é o que menos importa. A lei da *ría* é essa. Aqui não tem lugar para quem rouba os amigos.

Alguém para quem dei os cigarros tinha armado para mim, estava claro como o dia. Quanto mais tempo demorasse, mais a história se espalharia e menor a chance de encontrar o que fazer. Precisava sair do porto, pensar em alguma coisa, encontrar um jeito. Resolvi subir para o bairro dos anarquistas. Ali era pouco conhecido, encontraria uma pensão para ficar um par de dias e, talvez, tentar a vida em outra cidade longe de Vigo. Tinha de ficar invisível.

Quando cheguei no Passeio Marítimo, senti um puxão na camisa e ouvi o sotaque. Aingeru não me servia para nada além de atrapalhar naquela hora. Precisava sair logo dali.

— Francês, agora não.

— Bernardo, preste atenção! — ergueu a voz. — Tenho de embarcar em qualquer navio que parta hoje. Iria para a América feito um golfinho se soubesse nadar. Não quero morrer derretendo numa cama. Não deseje isso para mim nem para ninguém. Pago você de algum jeito, faço o que mandar. Mas *date prisa*. Sei que você vive disso, mas, *coño*, é só dinheiro.

— *Bueno*, Aingeru, o dinheiro move o mundo. Como assim, é só dinheiro? — disse, tentando imitar seu sotaque, e olhei para as docas com a mão na testa para cobrir o sol em busca de conhecidos. — Que garantia tenho que vai me pagar? Seu plano não é ficar na América?

— Mando o dinheiro de lá, volto em alguns anos e acerto com você, arrumo um jeito, garanto. Preciso ir embora já.

Pedi que me esperasse na cafeteria. Veria o que dava para fazer. Não saem navios para a América todos os dias. Era um risco zanzar pelo porto, mas precisava das moedas do francês, mesmo que poucas. Acho que foi naquela hora que tive a ideia infeliz. Um passeio na América, um tempo longe de Vigo para que me esquecessem. Se na volta minha situação continuasse igual, tentaria a sorte em A Coruña, talvez em Portugal. Podia aproveitar o trabalho para embarcar Aingeru e seguir com ele para a América, conhecer as cidades, se fosse possível. Um passeio de navio, nada mais, pensei. Ali, diante de mim, até encontrei companhia para a aventura.

— Eu vou com você, francês. Na viagem arrumo algum jeito de te cobrar.

— Mas isso sim é boa notícia — disse Aingeru. — Vamos beber muito mar adentro. Deixe comigo que arrumo as bebidas. Por que resolveu ir, por que mudou de ideia?

— Vigo não vai acabar se eu ficar fora por um tempo. Vejo gente que entra e sai dos vapores a toda hora e nunca tirei o pé do porto. Mas com uma condição. Penso que podemos nos misturar na terceira classe e viajar tranquilos. Dormir nos bancos, achar uma cabine desocupada. Mas, se formos pegos, vamos passar a viagem limpando merda nos banheiros. Então, eu te embarco, mas se precisar você faz o meu trabalho a bordo. *Estamos?*

— Só isso?

— Não, você ainda me deve trinta pesetas. Ao oceano, Aingeru. De coisas que você não conhece, o mundo está cheio. Só preciso dar um pulo na cidade para me despedir.

— Quem é a *guapa*? — perguntou.

— Não é uma mulher. É uma árvore.

5

Antes de subir até a oliveira, procurei a pessoa mais bem informada da alfândega. Dom Francisco Ordoñes, ou Paco, *El Gordo*, o chefe da expedição. Nada nem ninguém entrava nos navios sem que ele soubesse. Cada saca embarcada passava por seu controle, e nos conhecíamos desde o primeiro dia em que botei os pés no porto. Dom Paco e sua famosa barriga, pronta a explodir os botões da camisa, o palito sempre pendurado no canto da boca, o lápis na orelha, foi um dos primeiros a me dar trabalho quando deixei o orfanato. Eu o ajudava a desviar mercadorias que esperavam pelo embarque, revendidas por um décimo do preço aos mesmos mercados de onde eram compradas.

— *Buenas*, dom Francisco, que navios zarpam hoje?
— Bernardo, quanto interesse. O que você procura? — perguntou ele, a mão segurando o lenço engordurado com que costumava enxugar a papada.
— Vou meter um dentro, para a América.

Embarcar um imigrante ilegal costumava render boas pesetas de gente mais afortunada — ou desesperada —, e Paco sabia que teria um naco do dinheiro. Ergueu a prancheta com a lista de navios. Dois iriam naquele dia para a América. Um deles lotado de galegos.

— *Enhorabuena*. Esse outro nem deveria estar aqui, chegou de manhãzinha. Zarpam em um par de horas. Parece que estão conferindo o casco e tem pessoal em terra, mas não sei o que procuram. O primeiro, o *Almanzora*, é melhor para colocar o patrício. Deixe ver se tem alguma mercadoria para ele.

— Como se chama?

— *Demerara* — disse o Gordo.

— Espanhol?

— Não, inglês — disse, sem levantar os olhos das folhas, à procura de produtos ainda não embarcados. Tirou o lápis da orelha e riscou duas sacas de *pementos de padrón* para o *Almanzora*. — A comida da terceira classe — riu.

— *Pementos de Padrón, uns pican e outros non* — devolvi, com o ditado galego. Você pode comer uma fritada inteira e passar ileso, mas umas poucas pimentas ardem tanto que nem hóstia apaga o incêndio da boca. Saí para buscar Aingeru, mas antes lembrei de perguntar ao Gordo:

— E para onde vai o vapor?

— Havana, o melhor destino para alguém sem passaporte. Avise que ele tem de guardar dinheiro para a propina dos cubanos na alfândega de lá.

Entrar e sair dos navios com os passes de dom Paco era simples, com o inconveniente de o interessado ser obrigado a carregar um fardo de sessenta quilos nas costas. Costumava levar os ilegais a bordo fantasiados de estivador. Entravam com as sacas e não voltavam — misturavam-se aos imigrantes e desapareciam até chegar ao destino. Tudo o que podiam levar era algum dinheiro escondido, me acompanhavam levando a mercadoria. Dentro do navio, eu recebia a segunda metade do pagamento e daí em diante era por conta do freguês. Voltava, entregava os passes para o guarda de turno e estava feito. Sobrava pouco para mim. Tinha de dividir o butim com Paco, com os guardas e a gente do navio. Mas as pesetas vinham fácil para o bolso, eu mal gastava meia hora com o serviço e, além do dinheiro, deixava dom Paco feliz, disposto a me oferecer novos trabalhos.

Voltei ao pátio para buscar Aingeru com os dois passes para o *Almanzora* no bolso. Ele não estava no café. Eu não podia ficar circulando por ali, dando chance para a polícia ou para os conhecidos de dom Sergio. Eu o encontrei caminhando ao lado de um sujeito no passeio.

— Você não vai acreditar, mas resolvi nossa viagem — disse Aingeru. — Meu amigo é garçom em um navio que vai zarpar em menos de duas horas. — E me apresentou a Freddie Lenan, algo assim... não consegui entender direito o sobrenome. Um sujeito de olhos pequenos e cara ossuda. Resolvi chamá-lo de *Pingüino*. Aingeru o conhecia do porto francês e disse que trazia boas notícias. — O navio teve de parar em Vigo para inspecionarem o casco. Submarinos alemães lançaram torpedos contra ele no Golfo de Biscaia e estavam verificando as avarias. Três tripulantes não seguirão viagem, vamos ficar no lugar deles e ainda ganhar um salário durante a travessia.

— Ele é do *Demerara*? — perguntei.

— Como sabe?

— *Home*, isso de responder a uma pergunta com outra é coisa de galego, não de basco — ri. — Temos passes para o *Almanzora*, que vai para Havana, precisamos correr.

Uma viagem ida e volta para Havana demorava uns trinta dias, mas eu não tinha passaporte — os cubanos me fariam retornar no mesmo barco, como costumavam fazer. Talvez passasse algumas noites preso, mas quem se importa? Um mês era um bom tempo para esquecer Amália e pensar no futuro. Se gostasse da cara da cidade, ficaria uma temporada lá. Aingeru preferia o *Demerara*. "Nada de clandestinos, vamos como tripulantes", disse. O *Pingüino* só balançava a cabeça e esticava a boca, como se sorrisse. Aingeru me pagaria o que recebesse, e eu poderia voltar para Vigo com algum dinheiro no bolso. Eram duas libras por semana, com comida de graça.

— E para onde vai o vapor? — perguntei.

— Para Buenos Aires, passa pelo Brasil.

— Não me parece boa ideia. Os alemães já devem saber que o navio está por aqui, e ele vai virar alvo dos submarinos de novo, talvez nem saia da *ría*. E são ingleses, como vão nos tratar? O *Almanzora* está cheio de galegos, ficaremos invisíveis, à vontade, sem medo de torpedos. E eu não tenho documentos, como vou trabalhar?

— Freddie é meu amigo, Bernardo. Vai dar um jeito. Sei umas palavras em inglês. Você não vai sair do navio mesmo, para que precisa de papéis?

Freddie deu um sorriso torto, de filho da puta. Falava um pouco de castelhano.

— Eu convenço o encarregado, só não sei como vocês vão passar pelos controles do porto — disse o *Pingüino*.

— Disso, cuido eu — respondi. Não fui com a cara do garçom, aquele sujeitinho mirrado espetaria uma faca nas suas costas se precisasse. Não apostaria uma moeda na sua sinceridade, mas era hora de escolher. Os navios não esperam. Para mim, fora a distância, dava igual ir para Havana ou Buenos Aires. E voltaria para Vigo com dinheiro. O *Almanzora* tinha duas vantagens: a viagem mais curta e a chance de se misturar aos galegos. Chamei Aingeru a um canto para saber por que preferia a América do Sul.

— Havana está posta, Bernardo. Buenos Aires é o porto de um país imenso e vazio, longe do resto do mundo.

— Não sei se é a melhor escolha. Mas tem o dinheiro dos ingleses. Vamos para lá, então. Mas, além do dinheiro, você vai fazer meu serviço, *estamos?*

— O que você quiser.

— Você sabe o que aconteceu aos marinheiros que desembarcaram?

— Freddie disse que trabalhavam nas caldeiras e respiraram carvão por causa de um entupimento. Vão limpar os pulmões e voltar para casa. Não é nada grave.

Acertamos que o garçom nos esperaria no píer, onde estava amarrado o bote do *Demerara*. O *Pingüino* era um dos que estavam no porto para encontrar os ajudantes, o único tripulante que falava castelhano. Na volta da oliveira, segui com o francês até o depósito, recolhemos os fardos e seguimos para o cais. Usamos os passes do *Almanzora* para cruzar os guardas da alfândega, sinal de que a ordem de prisão não havia ido muito longe. Entreguei os passes, os recolhi carimbados e desviamos o caminho em direção ao bote. O navio estava fundeado no meio da *ría* e se destacava dos outros, imponente até para mim, acostumado ao movimento dos barcos. Chegamos ao *Demerara* com os sacos de *pementos* e subimos a escada de metal até o convés.

— O que são esses sacos? — perguntou um marinheiro.

— Encomenda para o cozinheiro — disse o *Pingüino*. — Estes dois são os novos grumetes.

Deixamos os fardos na cozinha e fomos com Freddie ao encontro do chefe de serviço. Ele falou bastante — eu não entendi nada —, e preenchi uma ficha do tamanho da minha mão com a ajuda do *Pingüino*. Dizia que era proibido descer a terra e seria considerado ilegal para as autoridades portuárias. Em caso de indisciplina, poderia ser desembarcado em qualquer porto, sem pagamento. *"No money at all"*, leu o garçom. Minha viagem de retorno acabaria em Lisboa. De lá, o *Demerara* voltaria para Liverpool, e Vigo não estava na rota. Pensei em desembarcar naquela hora, mas já estava feito. Teria de voltar nadando ao porto — e nem nadar eu sabia direito.

O chefe de serviço me apresentou ao esfregão, ao balde e aos produtos de limpeza. Aingeru foi para um canto da cozinha descascar batatas. Começou mal meu passeio. Fiz menção de trocar com o francês, mas ouvi o primeiro de muitos nãos naquele navio, tão alto que reverberou nas paredes. "Que bela viagem me espera", pensei. "Trancado num porão úmido, limpando a merda dos outros." Mas não dava para voltar atrás. Havia agitação entre os marinheiros, o navio já estava com a caldeira ligada, e logo ouvi o apito, longo e grave. Senti o *Demerara* balançar e, quando comecei a andar, notei a passada diferente. Via o chão duro, mas o pé não encaixava direito no piso. Os veteranos caminhavam com movimentos compassados, e levei tempo para entender qual o melhor ritmo de pisar, como se o chão estivesse lá, mas não completamente. Nunca mais andei de outro jeito.

Não demorou muito e minha primeira tarefa foi limpar o próprio vômito, mal saímos do porto. Estava mareado, suava frio. Tentei beber um pouco de água, mas o resultado só aumentou o engulho. Com gestos, pedi ao encarregado permissão para subir e tomar um pouco de ar. *"Five minutes"*, ele disse, a mão espalmada, depois de avaliar meu estado. Debruçado na amurada, notei que não estava sozinho. O mal-estar parecia ter atingido os poucos passageiros da terceira classe que embarcaram na Inglaterra. Caía uma garoa miúda que se misturou à chuva de restos de comida, o mar e o céu estavam cinzentos, quase não se via o horizonte na boca da *ría*, mas ainda era nítido o contorno dos morros de Vigo, cada vez menores, o Castro como uma verruga naquela pele lisa. Entendi que o navio não se afastaria muito da costa, pelo menos até chegar a Lisboa, e tive uma sensação agradável, de tranquilidade. Era bonito ver a terra passar diante dos olhos como um grande pano que vai se esticando — ainda que horas depois o litoral não passasse de uma linha fina. A brisa marinha acalmou um pouco a barriga, a espuma formada pelo empuxo me distraiu, e decidi voltar para a cozinha. *Ata pronto, miña terra.*

6

Trabalhei até tarde da noite e fui dispensado. Alguém indicou o caminho dos catres e encontrei um bando de ingleses dividindo duas garrafas de gim. Aingeru ficou na cozinha, de onde só saiu depois de encerrado o jantar. O inglês era uma trava, mas consegui pelo menos dizer meu nome e entender algumas frases. *"I'm Bernardo. What's your name?"*, aprendi logo. *"Let's drink"* foi fácil, todos a repetiam antes de a garrafa circular de novo, com *hurrahs* e vivas. Ninguém falava muito, e percebi que não seria mesmo capaz de conversar naquela língua, mas algo eu queria levar da viagem, nem que fosse uma dúzia de palavras para usar no porto. Naquele grupo, soube assim que conheci os tripulantes, não faria amigos e tentei ficar invisível para evitar confusão. Aingeru chegou e logo depois apareceu Freddie. Saímos para a noite fria e acendi um cigarro no convés.

— Posso comprar cigarros aqui? — perguntei ao garçom.

— A tripulação tem uma cota de *tabac*, a maioria prefere a *pipa* — disse Freddie, misturando francês e espanhol. — Mas enrolar fumo em papel não deve ser muito diferente do que você está acostumado.

— Que belo navio — eu disse, para puxar conversa.

— Não fale isso para os tripulantes — devolveu Freddie.

Contou que o *Demerara* era uma lenda para os ingleses, um dos vapores mais respeitados da frota mercante. Os alemães perseguiam barcos de transporte com submarinos, e a

Marinha Real os equipou com armas. O *Demerara* foi o primeiro a afundar um *u-boat*. Houve festa nas ruas de Londres com a notícia. Mas agora, a cada viagem, os alemães perseguiam o navio, como se botá-lo a pique fosse questão de honra. Nosso trajeto era pela costa da África, para cruzar o Atlântico já no hemisfério Sul, na tentativa de evitar as rotas dos submarinos.

— Os submarinos estão em todo lugar, como saber se já não tem outro na nossa cola? — disse o inglês.

— Verdade? Estamos em um navio heroico, Aingeru. Agora, sim, tenho história para contar em Vigo, se não afundar com vocês.

— O capitão recebeu duas mil libras e foi condecorado pela rainha quando afundou o *u-boat* — seguiu Freddie. — Por isso você pode imaginar que somos um grande alvo para os *boches*, há recompensa entre eles para quem puser a pique o *Demerara*. Não viu o que fizeram agora, na saída da Inglaterra. Somos o prêmio, rapaz. E eles têm espiões em todos os portos.

— Em Vigo tem um cabo telegráfico alemão — falei. — Deve ter espiões por lá, dizem que submarinos vão a *ría* para abastecer com a ajuda de um tal *Cojo*.

— Ano passado fomos atacados na costa da África, e não queira saber como escapamos. Os marinheiros recebem um adicional de risco, por fora do salário, mas a verdade é que todo marujo aqui se caga de medo dos torpedos.

— Aingeru, você que tanto teme a morte pode imaginar vergonha pior que virar cinza em um porão enferrujado enquanto descasca batatas? — provoquei.

— Já poderia ter virado cinza faz tempo. Eu trabalhava em um curtume — disse.

Aos doze anos, o pai de Aingeru o empregou como aprendiz. Enfiava-se em poços e tanques, salgava a pele dos animais para evitar que apodrecessem e depois as mergulhava em enxofre para dissolver os pelos. O processo terminava com banhos de cal e ácido. "O cheiro tampava os pulmões e prendia no cabelo", disse. Em meses, os braços e as pernas começaram a descascar e sangrar. O branco dos olhos do francês era vermelho, vi na luz do bar quando o conheci — como se todas as pequenas veias tivessem estourado e só restasse o castanho da pupila.

— Aquilo não era vida. Meu pai parecia um lazarento, fedia e reclamava de dor nos ossos, a pele cheia de feridas. Fugi para as montanhas, fui viver com os contrabandistas da fronteira — disse Aingeru. — Conheci Freddie em uma das entregas em Hendaya.

O inglês esgarçou o sorriso. Ele trabalhava nos *ferries* que cruzavam o Canal da Mancha quando recebeu o convite do *Demerara*. Contou que em Hendaya gostava de comprar uma erva marroquina oferecida no porto. Foi desse jeito que conheceu Aingeru, outro freguês dos africanos.

— Eu tenho no meu bolso — disse o garçom.

— Eu também — falou o francês, os dois rindo feito idiotas, sem que eu entendesse a piada.

Dividimos dois cigarrinhos. No começo até zombei dos meus amigos. Não acontecia nada, não era como o álcool. A única diferença eram os olhos do francês, que pareciam ainda mais vermelhos. Logo, as luzes do barco começaram a dançar na minha frente, as estrelas pareciam brilhar mais perto. O *mareo* não incomodava mais.

Freddie começou a falar sobre a viagem, mas sua voz ficava cada vez mais distante, e parei de tentar entendê-lo, só me interessavam o mar e o balanço suave do barco. A espuma deixada pelo *Demerara* ganhava formas, o som das máquinas entrava em meus ouvidos como um ritmo. O sal, o óleo e a fuligem se enfiavam pelo nariz. Lembro disso. Não era capaz de escutar nada do que conversavam, a água criava formas cada vez mais luminosas, e eu estava feliz como nunca. Pensei em me misturar com os passageiros, mas não sabia para onde ir.

— Melhor não — disse Freddie. — Aproveite a viagem.

— Que viagem, *Pingüino*? Aqui só tem trabalho.

— A viagem, homem! — rebateu o garçom. — Estamos em lugar nenhum, agora, no meio do oceano. Quantas vezes vai ter a chance de ir para outro continente? Aproveite, isso só acontece uma vez na vida das pessoas. Se você não for marinheiro, entende? — E riu, repuxando os lábios para trás. Não me lembro de como cheguei à cama. Se fui sozinho ou um dos dois me deixou lá. Deitado, olhei para o estrado do beliche e tudo começou a girar outra vez, o estômago dando voltas com o cheiro da ferrugem úmida, a sensação de sufocamento. Tateei até o banheiro e vomitei de novo. "Foda-se, amanhã sou eu quem vai limpar." Fiquei me revirando no catre, esperando o sono.

"A vida pode ser boa e te dar a chance de embarcar no navio que afundou o submarino e continua indo e voltando até o sul do planeta, desafiando os inimigos. Vou atravessar a linha do equador, para onde nunca imaginei ir, nem em sonho", pensei sob a luz que balançava e piscava, o ronco dos marinheiros retumbando nos ouvidos sobre o tuc-tuc-tuc das máquinas — o zumbido que me acompanha desde então. Tive visões de tempos que eu nem lembrava mais. O jogo de bola na escola que ficou violento, os chutes de Pedro no menino caído, o sangue nas pernas. Os padres com a batina erguida correndo para apartar a briga. Depois, as penitências e as rezas, a fila de meninos deitados com a cara no chão diante do altar até anoitecer.

Vi, nítida, a malinha de papelão que ganhei dos padres quando deixei o orfanato, o assombro ao desviar dos bondes e das pessoas nas calçadas, a alegria de descobrir os prédios novos, as ruas largas, o reencontro com a oliveira. Vaguei o quanto pude, o endereço da pensão esquecido no bolso do paletó, junto com algumas moedas. Depois, fui ao velho Miguel, indicado por um dos professores. Eu levava mercadorias aos restaurantes numa carrocinha para ele. Dez dias depois saí da pensão e fui morar na cozinha da casa do velho. Também lembrei das moscas que incomodavam minha infância, dos jogadores de bisca, que eu servia como garçom enquanto aproveitava para aprender os truques do carteado. Das putas que trocavam amor por pequenos serviços, me ensinando a fazer sexo com mulheres. Das borboletas que capturava com um saco até ser descoberto quando minha mãe varreu embaixo de minha cama e encontrou a coleção — e da tamancada que tomei no braço por levar sujeira para dentro de casa.

As brigas de rua por nada. Voltou à memória minha cara sangrando depois de um soco, o sujeito se mostrando valente, batendo em mim sem parar, o pouco empenho dos bêbados para separar a confusão. Passei a mão no rosto para me certificar do quanto o nariz ficara torto depois daquilo. As imagens estavam fora de ordem, fora do tempo. Não me recordo do que aconteceu depois. Estava calmo e contente. Acho que dormi.

O dia começou onde a noite acabou. Limpei a sujeira do banheiro e me apresentei no refeitório, pronto para comer qualquer coisa, a barriga oca. O navio estava dentro do Tejo, chegando ao porto de Lisboa. Pela escotilha, vi a fila dos imigrantes. "Carga total no *Demerara*", imaginei. Estava animado, fazia planos para aproveitar o tempo, pensei até em procurar um livro para quando me cansasse das conversas. Quem sabe achar uma portuguesa que me fizesse não lembrar de Amália.

A luz da primavera se refletia nas calçadas brancas e fazia Lisboa brilhar. Quem abandonaria aquela cidade bonita e ensolarada? Olhei para trás. O esqueleto de ferro úmido do navio parecia uma morgue. Qualquer parede em que encostasse me molhava. Como os marujos se acostumavam a viver desse jeito? Será que os portos na América compensavam aquela vida dura? Era gente endurecida pelo mar e pelas ferragens, que só ria quando estava bêbada e ainda assim achava graça de coisas que me pareciam bobas, mesmo sem entender direito.

Minha noite começava com a borracheira no alojamento. De lá, saía para explorar o navio. Andei pelos depósitos de carvão, entrei na sala das máquinas e nas caldeiras, circulei pelos grandes porões vazios, as câmaras frigoríficas — só não podia estar com os passageiros. O *Demerara* era grande e frio. Uma casca no oceano com salão de baile e restaurante fino na primeira classe, a se acreditar no que dizia o *Pingüino*, e portugueses espremidos na terceira, lotando o convés nos dias de sol.

No quinto ou sexto dia de viagem, Aingeru cruzou comigo perto das latrinas e disse baixinho que os homens desembarcados em Vigo estavam mortos. Além da tristeza, notei consternação entre os tripulantes. Tentei abordar os ingleses, mas não entendiam o que eu perguntava e tampouco queriam conversa. Freddie passou pela cozinha quando o almoço terminou e não falou com ninguém. À noite, subi para fumar quando meu turno acabou, sem beber uma gota de gim. O convés estava cheio de marujos em pequenas rodas de conversa, falando baixo. Aingeru acenou quando me viu e me chamou para perto.

— Somos os Jonas — disse o francês. — Freddie me contou.

— Que Jonas?

— O da Bíblia, que fugiu de Deus. Ele trouxe azar para o navio em que embarcou. Você conhece a passagem, o homem da baleia. Não estudou com os padres?

Sim, eu conhecia a passagem. Jonas é o único que não invoca seu Deus para sair do apuro numa tempestade no mar, está dormindo e não quer acordar. O barco vai naufragar, e os marinheiros fazem um sorteio para saber quem é o culpado pelo mal. Ele perde, é jogado do barco, engolido por um peixe grande e o mar se acalma. Jonas passa três dias no ventre da besta e enfim reza a Deus. E se salva, cuspido numa praia.

Jonas, para os marinheiros ingleses, era qualquer sujeito que atraísse azar. Podia destruir a viagem, levar o navio a pique ou perder o rumo, qualquer coisa — uma tradição da Marinha do tempo dos veleiros que continuava forte para os tripulantes dos vapores que iam a toda parte com a força do carvão.

— E parece que os candidatos a Jonas somos nós, que trocamos de lugar com os mortos — disse Aingeru.

— Que eu não acabe na barriga da baleia.

Lembrar da Bíblia trouxe a vida no orfanato à memória. Uns poucos meninos iam se tornar padres, os preferidos dos professores, o que nunca fui. Tinha nojo daquele lugar, das coisas que vi e passei lá. Das crianças assustadas que sumiam por dias e depois voltavam com medo de abrir a boca. Perdi a fé vivendo entre padres e freiras, naquele ambiente asqueroso via duas possibilidades: ou Deus era uma grande mentira em sua bondade e sabedoria, ou não sabia escolher seus representantes na Terra. Muitos padres que conheci queimariam no Inferno se acertassem as contas dos seus pecados, mas pareciam não se importar muito com isso. A história de Jonas trouxe de volta o fedor daqueles tempos, mas nosso problema era imediato. O que esperar e como lidar com aqueles ingleses?

— Não se preocupe, Bernardo. Nos tempos de contrabandista ninguém gostava de mim: quem vendia, quem comprava, meus patrões, aqueles que trabalhavam para outros bandos. E sobrevivi. Estou aqui, não estou? Aguente as provocações. Esses marinheiros não podem fazer nada muito sério conosco. Ninguém vai arriscar uma temporada na prisão por causa de dois estrangeiros. Sabem que esta é a nossa primeira e última viagem.

Freddie concordou. Tratou de mudar de assunto e pediu a Aingeru que falasse de sua vida nas montanhas. Ali, contou o francês, *pueblos* inteiros se dedicavam ao contrabando. Ele morava na comuna de Sare, ao pé dos Pireneus, com pequenas casas espalhadas pelos vales. Vendia armas e perfumes aos espanhóis. Aos franceses, trazia porcos, vacas e as tais coisas do Marrocos, que vinham das montanhas do Kiff e chegavam ao porto de Barcelona escondidas em remessas de minério. Cruzava a fronteira quando queria, por sendas pouco conhecidas, beirando precipícios.

Vivia no risco, ganhava um bom dinheiro e conhecia gente nova. Até que recebeu a visita de dois capangas do chefe do contrabando, com ordens claras. "O senhor Cottard mandou você se alistar", disseram a ele. Bandidos também são cidadãos franceses, o esforço de guerra exigia. Se os alemães conquistassem a França, o contrabando trocaria de dono. Aingeru pediu para passar na cabana e fazer uma trouxa, queria se despedir dos amigos na vila. Saltou pela janela dos fundos, voltou às montanhas e de lá seguiu para San Sebastián, cruzando os Pireneus.

Rimos alto das aventuras do francês. Mas, ao redor, os olhos dos tripulantes estavam postos em nós. Freddie, o primeiro a perceber o mal-estar, arrumou um jeito de sair de perto. Não queria passar por amigo dos Jonas do *Demerara*.

— E essa, francês? — comentei com Aingeru. — Vamos ficar semanas ao lado de gente que nos quer afogados e ainda por cima volto sozinho de Buenos Aires?

— Vai dar tudo certo. Só não arrume confusão.

— Mijam em nossa cabeça e temos de dizer que chove, é isso?

A viagem que prometia ser um passeio se tornou um inferno de trabalho e tédio — as únicas horas boas eram as do convés, fumando e olhando o mar, pouca diversão para tanto esforço e tempo. Lembrei de um livro da escola, em que o sujeito dizia que era melhor estar em um navio como tripulante do que como passageiro. Que grande mentira, escritor. Você provavelmente nunca entrou em um navio, em qualquer das duas condições. Como passageiro não saberia dizer, mas como tripulante a viagem era cansativa, com pouco a fazer no curto tempo livre, sem ninguém para conversar além de Aingeru, limpando a bosta alheia e enfrentando um calor danado — o que faltava era ter de encarar a hostilidade da tripulação. Não matei os sujeitos para entrar no navio. Disso não tinha culpa.

O humor dos marinheiros passou da indiferença ao ódio. Tomei peitadas, chutavam o balde cheio, sumiam com rodos e vassouras. Os ingleses nem se davam mais ao trabalho de me cumprimentar. Virou brincadeira entre eles escarrar no chão atrás de mim para atrasar o serviço. Uma hora parei de limpar, mas todos apontavam para a sujeira, gritavam, ameaçavam, e eu era obrigado a refazer o trabalho. O acordo com Aingeru nunca foi colocado em prática. Sempre ocupado, sem tempo de cobrir tarefa alheia, ele acordava antes do serviço do café da manhã e encerrava o turno no jantar. Tinha umas horas livres à tarde e fazia o mesmo que eu:

explorava o navio, aquela catedral que boiava. A minha última tarefa era limpar a cozinha para o dia seguinte. Voltava ao trabalho uma hora depois do francês, mas quem cumpria o primeiro turno da jornada fazia tanto barulho que cortava meu sono. Usava o tempo na cama para pensar na vida.

Depois de mais de uma semana a bordo, um pouco acostumado com as novidades do navio e conformado com os ingleses, voltei a pensar em Amália. Sentia falta do seu corpo, do seu jeito na cama, dos gemidos e das conversas bobas e preguiçosas no passeio, dos carinhos que me fazia por nada, das piscadas cínicas quando contava mentiras. Doía só de imaginar a andaluza. Provavelmente voltaria a Vigo, rejeitada de novo pela família, buscando trabalho nos mesmos puteiros ao redor do porto. Ou tentaria a sorte em Madri ou Barcelona, onde a Espanha tinha mais dinheiro. Beleza ela tinha para isso. Aingeru, sempre que não estava diante das batatas, me consolava e vendia entusiasmo com a viagem. As jornadas se estendiam, por vezes a catorze, dezesseis horas, e o cansaço se acumulava. A água do banho tinha gosto de ferrugem, aquele cheiro colava nos tripulantes — e piorava a cada noite, sessenta homens roncando nos beliches. Perdi a conta dos dias de viagem. Todos eram iguais.

 Quando as novidades acabam, até o que dá prazer se torna aborrecido. O navio me recordava o orfanato. Em primeiro lugar, porque estava preso ali. Depois, porque não tinha vontade de obedecer, de cumprir rotinas, de ter as horas controladas — me lembravam de um passado de que eu não gostava. As ruas de Vigo eram o oposto daquilo e davam saudade. Torcia para ver terra de novo, e logo. Levantei e procurei Aingeru na cozinha.

 — Parece que tem um problema no navio — contou Aingeru. — Além de nós, quero dizer.

 — Nos tratarem como Jonas já não basta, francês? Onde fui me meter seguindo você...

 — Freddie disse que o médico de bordo não aparece mais para jantar. Os oficiais sentam com a cara fechada nas mesas dos passageiros da primeira classe, falam pouco. O navio inteiro está mais triste, não te parece?

— Aingeru e seus medos.

— Algo passa.

— Vejo que não vai cumprir mesmo nosso acordo, não é? — Tentei mudar de assunto, mesmo sabendo que a batalha sobre o trabalho estava perdida.

— Lá vem você falando em dinheiro de novo. Preste mais atenção ao seu redor, *hombre*. Algo passa. Não sei o quê, mas algo passa.

Queria entender de onde vinha o medo do meu amigo. Viver já não é fácil, e eu nunca pensava na morte, estava fora dos meus assuntos. Um rapaz novo e com medo de morrer não fazia sentido para mim. Perguntei de onde vinha tanto horror. Aingeru contou que desde criança ouvia as canções da mãe falando da peste. A doença descia nas cidades como uma névoa, de casa em casa. Entrava no nariz de quem dormia e virava bicho dentro do corpo, comia de dentro para fora. E cantou uma música de infância.

— Do que fala?

— Do Céu, de anjos que tecem asas para outros anjos, onde só tem notícia boa e sempre é meio-dia.

— E de onde vem tanto anjo?

— Dos berços, das crianças mortas... Os anjos levam as crianças embora, Bernardo. O Céu precisa delas.

Aingeru cresceu com histórias da doença. Das pústulas, do sangue e do vômito, da gana com que cercava os enfermos, de como atacava de repente. Não havia jeito de escapar e, se ela te pegasse, você morria vendo o corpo se abrir em feridas. No seu povoado, havia cemitérios antigos para os mortos das muitas ondas da doença, evitados pelos moradores. Falavam que as almas vagavam usando o corpo dos ratos, comandadas por bruxas que haviam sido queimadas por espalhar a praga. A peste apavorava os moradores da fronteira. Era uma inimiga que não podia ser combatida, forte e esperta demais para se enfrentar.

— Vamos fumar mais um cigarro? Ando cheio das suas conversas de doença. Estamos no meio do oceano, a peste não chega aqui, Aingeru.

— Não, vou ficar. Tenho muito trabalho pela frente e acordei cansado, foi uma noite de pesadelos. Vou fazer uma sesta na minha hora de folga depois do almoço.

Já era tarde da noite, acendi o último cigarro e me aproximei da cerca que me separava dos portugueses. Cantavam e dançavam. Batiam palmas, felizes. Como Aingeru não apareceu, e eu não era capaz de falar com os tripulantes — nenhum deles fazia o menor esforço para me entender e conversar comigo —, fiquei sozinho espiando os passageiros. Para eles, o mundo ia recomeçar. Quantos sonhos no convés. Pobres acreditando que, longe de tudo, seriam capazes de melhorar de vida. Ali, espremidos no meio de tantos pobres que pensavam a mesma coisa, mal sabiam aonde iam parar, como viveriam, como seriam tratados, e ainda assim pareciam contentes por deixar a miséria. Apostavam na vida nova. Talvez nada pudesse ser pior do que o lugar de onde vieram, e isso alimentava as esperanças. Para mim, restava o deque, meus cigarros e a espera pelo fim de uma viagem mal começada. Eu não ia a lugar nenhum, não tinha destino, ninguém esperava por mim. Aquele navio era um pouco como a minha vida. Estava em movimento, cercado por muita gente, e ainda assim sozinho no oceano. A única mulher de quem gostei me abandonou. Aingeru era só um bom companheiro de viagem, com data marcada para encontrar o próprio rumo. Todo mundo que conheci era isso, companheiro de viagem. Bons para dividir copos, para contar histórias e falar bem de si mesmos, mas com quem não poderia contar para dividir nada em minha vida. Eu não tinha pai nem mãe, ninguém sentia minha falta, não fazia diferença.

Não gostei do caminho dos meus pensamentos e tentei fazer contato, pela grade, com o pessoal da terceira classe. Era fácil entender português, e foi como conheci Arminda. Ela vinha da Guarda, uma cidade portuguesa perto de Vigo, mas longe da costa. Contou que ia encontrar o irmão em São Paulo, dono de umas vacas leiteiras. Ele estava construindo casas de aluguel. Tinha futuro ele, garantiu.

— Tem muitos patrícios atrás de casamento por lá. Na minha aldeia só ficaram os velhos. Não vai sobrar ninguém, é uma terra muito pobre.

— Você viaja sozinha?

— Sim e não. Conheci um senhor libanês que me contratou como criada. Ele está doente e cuido de suas necessidades.

— E que necessidades ele tem? — devolvi com malícia.

— Você me respeite, ó gajo. Ele é muito correto, sempre me trata com educação. Reclama de dor de estômago, deve ter úlcera. Não pode comer qualquer coisa e tem fraqueza. Eu arrumo suas roupas, faço companhia, coisas assim.

Para mim era fácil imaginar como ele tratava Arminda. Ainda que não fosse bonita — o queixo grande e projetado para a frente, as sobrancelhas coladas, os braços e os quadris largos —, tinha altivez, o sorriso mostrava todos os dentes e sustentava qualquer conversa, da cor do mar ao que esperar da nova vida na América. Um libanês na primeira classe saberia seduzir uma menina pobre, que trocou a roça por uma aventura e o atendia em sua cabine. Faria a mesma coisa se fosse ele.

Não demorou para eu encontrar o acesso aos passageiros da terceira, um portão mal fechado que dava para o corredor das cabines. A maioria dos portugueses ia para Santos e, de lá, para o interior de São Paulo, viver perto de cidades que acabavam de nascer. O café, que eles chamavam de ouro verde, era o motor que movia tanta gente, navios e trens. Os fazendeiros importavam europeus, que ficavam presos na propriedade até que pagassem pela viagem, mas havia quem parasse na capital ou no porto e se estabelecesse por lá. Trabalho, ao que parecia, era abundante. A cidade estava crescendo, trilhos de bonde ligavam a periferia ao centro, novos edifícios precisavam de pedreiros na construção, o comércio podia transformar camponeses pobres em cidadãos endinheirados da noite para o dia. Quanta ingenuidade, quanta esperança. No mundo todo existem ricos e pobres, por maior que seja a distância. Era assim em Vigo, como em qualquer lugar. Desde sempre, os ricos mandam e os pobres obedecem, não vai mudar. E por que mudaria? Alguns ali até ganhariam dinheiro suficiente para, na primeira chance, ferrar com os novos pobres que chegassem. Quem sabe até trariam mais gente da Europa.

Um sino bateu, seguido de um longo apito. Alguém disse que era tradição no *Demerara* cada vez que cruzava a linha do equador. Estava na parte mais gorda do planeta. Eu, que esperava por aquele momento, recebi a notícia de balde e esfregão nas mãos, embaixo da linha-d'água, achando que era o próprio Fernão de Magalhães. Corri para terminar logo as tarefas. Queria ver o tal equador do convés, comprovar que estava na parte de baixo do mundo. As horas demoraram a passar até que pude subir. Para mim, ficou a sensação do calor, pior que a canícula da Galícia. Sem vento para dissipar a quentura, o sol aquecia os ferros e derretia as pessoas — especialmente as que ficavam no fundo do barco. Todos os passageiros estavam do lado de fora. Havia areia no ar, o que me pareceu estranho naquele deserto d'água.

O céu virou distração quando estava sozinho. Sempre gostei das estrelas, mas no Sul algumas eram diferentes, e eu tentava marcá-las. Identifiquei o Cruzeiro, que orientava os navegadores antigos, como aprendi. E a Via Láctea, uma faixa branca, larga e transparente como banha de porco. Imaginava os marinheiros de Colombo, apavorados enquanto navegavam para a beira do mundo esperando chegar na Índia. O alívio que devem ter sentido ao encontrar terra e a frustração de encarar um monte de gente pelada, tão longe das riquezas do Oriente, falando línguas que eles não conheciam. Como teria sido a viagem de volta? Furiosos por não acharem ouro, seda e temperos depois de uma viagem tão longa e incerta, felizes por reencontrar sua gente. Uma das naus foi bater em Baiona, perto de Vigo — os marinheiros tiveram de cruzar a Espanha para chegar a Sevilha, de onde partiram.

Aquele era o mesmo mar de Colombo. Com vento ou vapor, os barcos estavam no mesmo vaivém havia séculos, e para quem vivia aquilo pela primeira vez, eu ou os grumetes das naus, o encanto não devia ser diferente. Golfinhos seguiam o *Demerara* como artistas de circo, saltando no ar ou cruzando a proa em desafio. Tartarugas enormes subiam à tona para respirar, e peixes voadores se arremessavam contra o casco. À noite, chuvas de estrelas cruzavam o céu, e parecia que eu poderia tocar a Lua com a mão. Os momentos mais concorridos no convés eram o do nascer e o do pôr do sol. Bonito, muito bonito, mas nada além disso. Aingeru se encantava com o espetáculo. Naquelas noites estreladas, falava sem parar, como se fosse um menino dentro da loja de doces.

— Se o mar é lindo no meio do oceano, imagine como será quando chegarmos na América. Calor, Bernardo, o sol lá é diferente, logo você nunca mais vai querer voltar para aquela terra de merda onde só chove.

— Aquela é minha terra, francês. Olhe como fala. Vamos é cozinhar a cabeça quando chegarmos lá. E nem chapéu eu tenho.

Aingeru não parava de fazer planos para a nova vida. Ora arrumava emprego no comércio, de preferência onde não tivesse de carregar muito peso, ora dava aulas de francês para meninas ricas. Qualquer que fosse seu sonho, o final era sempre o mesmo. Virava um sujeito rico, morando num palacete, com muitos empregados e comida farta. "Buenos Aires será minha", repetia, e caía na gargalhada.

— Em dez anos viro deputado. Vamos ser os sábios nessas terras de ignorantes. E você será meu braço direito. Vamos nos fartar de vinho e de mulheres quando chegarmos.

— Francês, nem vou descer do navio. Vou olhar a paisagem e voltar para Vigo. Enquanto isso, vá se acostumando com as batatas. Com sorte vai passar o resto da vida descascando coisas no fundo de um restaurante miserável.

— Isso, não. Já cumpri minha cota de sofrimento. A Argentina espera pela minha inteligência, você verá. Tem muita terra para pouca gente, não tem como me dar mal. Quem sabe eu vire fazendeiro. Custa acreditar, Bernardo? O certo é que depois de tantos dias de viagem já não aguentava mais o otimismo do francês. Nos seus devaneios tinha cruzado os Andes a cavalo, inaugurado um cabaré, seduzido todas as mulheres do país, comprado um barco de pesca. Do meu lado, ficava só o cheiro da fuligem e da ferrugem, as horas limpando as privadas, as humilhações dos tripulantes. O que me aliviava era o tempo no convés, as conversas com Arminda e Aingeru. Estava arrependido de não ter buscado a sorte em outra cidade galega em lugar de embarcar no porão escuro do *Demerara*. Só queria que a viagem acabasse logo, que as coisas se arranjassem quando eu voltasse.

O sol descia do lado direito do navio, ou a estibordo — o lado oposto ao do coração, como aprendi —, lançando reflexos no mar até o casco. Estranhei que havia pouca gente para ver o espetáculo, era o momento mais bonito do dia, o de maior agitação na terceira classe. Procurei Arminda, estava sempre sozinha, debruçada na amurada. Nada feito. Decerto cuidava da úlcera do patrão. Alguns portugueses, sentados perto da porta dos camarotes, estavam encolhidos e calados. Tentei passar para o lado dos imigrantes, mas o portão agora estava fechado a cadeado, uma folha de papel afixada nele. A única palavra que não parecia inglesa era *influenza*, influência. Provavelmente algo sobre a influência dos ventos, um anúncio de tempestade a que não dei atenção. Talvez explicasse a areia. Era hora de recolher os ossos e voltar para dentro, enfrentar a cara feia dos ingleses e procurar alguma coisa para beber antes de dormir.

O dia seguinte passou depressa. Havia tanto alvoroço nas entranhas do navio que os ingleses se esqueceram de me provocar. Quando cheguei ao convés, entendi tudo. Terra. Uma faixa fina e branca no horizonte, nada que pudesse parecer uma cidade. O *Demerara* estava na América. Eu, Bernardo Gutiérrez Barrera, o galeguinho órfão, o malandro do porto de Vigo, tinha cruzado o oceano e chegado ao outro lado do mundo.

7

Estava feliz de ver terra de novo, mesmo que não pudesse descer do navio. Recife era uma cidade grande, apesar de espalhada e baixa, com pontes precárias cruzando rios, muitos rios. O terreno parecia um juntado de pedações de terra e casas pequenas unidos pela água. Só as regiões do porto e do centro tinham prédios maiores. As cores também eram bem diferentes daquelas a que eu estava acostumado na Espanha, como se brilhassem de um jeito mais vivo. O rebocador se aproximou do navio para conduzir a atracação.

Bem na hora do engate ouvi tiros de canhão. Será possível que a guerra também tivesse cruzado o oceano? Os passageiros acenavam com lenços, bandeirinhas coloridas enfeitavam os mastros dos outros navios ancorados. Vi o porto com seus prédios novos, a multidão balançando chapéus no cais. O burburinho foi crescendo. Para os brasileiros, o porto era um parque, um salão de festas. Será que a causa da celebração era a nossa chegada, o navio levava a bordo um milionário fugindo da guerra, um rei ou um nobre daqueles países do interior da Europa dos quais nem o nome eu sabia?

Os homens negros correndo de um lado para o outro perto dos armazéns, sacos nas costas, chamaram minha atenção, deveriam existir muitos no Brasil. Aingeru apareceu na amurada, curioso como eu diante daquela gente estranha. Negros pobres suando sem camisa, ricos de roupa engomada, de chapéu, terno e gravata, debaixo do sol quente.

— Como são pretos. Tinha ouvido falar que alguns apareceram em Hendaya, mas jamais vi um. Olhe o nariz, como é largo. O cabelo parece colado na cabeça.

— Duvido que consiga ver um nariz dessa distância, francês. Não seja mentiroso. Há negros em Vigo. Mas nunca vi tantos juntos.

— Bernardo, você precisa de óculos.

— Repare só, Aingeru, não há pretos entre os homens que balançam os chapéus. Só mesmo na estiva. Os pretos são os pobres daqui.

Quando o navio atracou, resolveu-se o porquê de tanta festa. Li numa faixa: "O novo Porto de Recife saúda seus visitantes — 12 de setembro de 1918". Chegamos um dia antes da inauguração, mas com direito a uma salva de artilharia. Claro que o lugar atraía a curiosidade dos moradores, virou um passeio, como ir ao cinema ou caminhar nos bulevares, a novidade da cidade. Era bonito ver um navio grande como o *Demerara* de perto, uma boa lembrança para guardar.

Poucos imigrantes desembarcaram. Iam apressados, com suas grandes malas de mão e casacões inadequados no braço. Três ou quatro precisaram do apoio de companheiros para caminhar, achei que eram velhos. No caminho da alfândega, um pequeno grupo se destacava pelas roupas brancas. Imaginei que estavam ali para atender os portugueses, mas passaram por eles e caminharam até o *Demerara*. Pararam diante de dois oficiais e começaram a conversar.

Estava entretido com o movimento quando um dos marujos puxou meu braço e fez sinal para segui-lo. Pegou a maca na lateral do corredor, e o ajudei a transportar um garçom ruivo que conhecia de vista. Atravessamos os salões e paramos diante de um portão. Atrás dele, duas fileiras de camas e, numa das pontas, mesas e cadeiras de metal, nas quais o médico de bordo e um enfermeiro estavam sentados, com cara de cansados. Contei cinco tripulantes, com o garçom, numa das filas. Na outra, quatro passageiros prostrados, enrolados em cobertores e com panos na testa — a luz baça não deixava distinguir quem eram. Procurei por Arminda, mas todos eram homens. O marinheiro me chamou com a cabeça, e voltamos para o convés. "Estranho lugar para um hospital", pensei, saindo depressa dali. "Por que não atendê-los nas cabines?" Tentei falar com ele, mas não entendi o que disse.

Procurei Aingeru na amurada. Devia estar no refeitório, era hora da comida. Os passageiros ainda acenavam para os populares, e a conversa entre os oficiais e os médicos de terra prosseguia. O mensageiro se aproximou dos tripulantes e falou alguma coisa no ouvido do imediato, que fez uma mesura e convidou os doutores a embarcar. Só um deles o acompanhou. Fui atrás dos imigrantes para procurar Arminda. Há dias não falava com ela. Eu a encontrei olhando para o porto, parecia triste.

— Como vai, Arminda? E seu patrão? Não te vejo há dias.

— Está tudo bem. Parece alguma coisa no intestino, teve dor de barriga, e a cabine está empesteada, mas ele já melhorou. Pagou uma cabine na primeira classe para eu ficar mais perto. Antes que você fale alguma coisa, ele é muito educado. Já disse que não sou de sua laia.

— O que achou do Brasil?

— Daqui do barco? Quente. Parece que São Paulo é mais fresco, não fica tão perto do mar, pelo que meu irmão contou.

— O que você tem, que tristeza é essa?

— Saudades, Bernardo. Saudades da minha terra, da minha gente. Ver esses minguados saindo do navio me lembrou que vai acontecer a mesma coisa comigo. Que vou pisar uma terra estranha onde não conheço ninguém, que, se depender do favor de um conhecido, não vou encontrar. Só tenho meu irmão.

— O quê, Arminda? Todos são iguais aqui. Você fará novos amigos. E tem o seu irmão, quantos nesse navio têm a sorte de chegar a um país novo e contar com um parente?

— Vim por causa do mano. Ele precisa de mim e prometeu voltar comigo para Portugal quando fizer dinheiro. Vou apressar as coisas. Mas minha vila é tão pequena e aqui tudo parece tão grande. Veja só essa cidade. E dizem que São Paulo é maior ainda.

— Logo, logo sua família vai ser a mais rica da Guarda. Você não veio de Lisboa? Lisboa é muito maior e mais bonita que Recife.

— Qual, Bernardo. Viemos para cá para fugir da fome. Não faz diferença se você for para o lugar mais distante que encontrar, e nem todo o dinheiro do mundo lava isso da nossa alma. Essa memória vou levar comigo, os irmãozinhos e primos encovados, cinzentos, raquíticos. Pele e osso. A mãe doente. Não quero viver essa miséria nunca mais, mas a pobreza não sai de nós, somos assim. Não temos educação, somos xucros. O senhor Fuad sabe usar os talheres, sempre pede "com licença" ou "por favor", nunca está longe de um livro. Nós somos analfabetos, vivemos feito bichos. Isso o dinheiro não traz.

— Que é isso, Arminda? Vivo no porto e vejo muita gente indo e pouca voltando. Se não morreram, de algum jeito estão vivendo, não é? E vivendo melhor do que antes. Vai dar tudo certo. Arrume um moço trabalhador, tenha uma família. Vai ver como tudo se ajeita.

— Bernardo, você é muito tonto. Vou deixar o endereço do meu irmão com você. Ao chegar a Buenos Aires, mande um postal, diga como está. Eu não sei ler, mas não deve ser difícil encontrar por lá alguém que saiba. — E me passou um pedaço pequeno de papel com uma letra redonda e elegante, a letra do libanês.

— Preciso ir, minha bela. A hora do rancho está no fim, e vou comer alguma coisa antes que o navio zarpe.

O francês não estava no refeitório, nos desencontramos. Ali era o lugar predileto do meu amigo, um dos primeiros a entrar na hora da comida e sempre o último a sair. Comia devagar e depois cutucava os dentes com seu alfinete, um dos pés na cadeira. Limpava o alfinete e o espetava na camisa, algo que me parecia bem nojento, antes de tomar o último gole de água — que deixava sempre reservado — e se levantar. Dali, seguíamos juntos para fumar ao ar livre.

Apanhei meu prato e a colher e comecei a comer depressa, havia pouca gente naquele horário. Era melhor assim, algum sossego, sem as caçoadas dos ingleses. O cozinheiro porto-riquenho sentou-se na mesma mesa. Disse que o navio ficaria mais no porto do que gostaria o capitão. Ele queria chegar no dia seguinte a Salvador, a próxima parada do *Demerara*, mas havia uma inspeção sanitária obrigatória antes de seguir viagem, um médico estava a bordo, e a visita demorava mais do que o habitual. O trecho era curto, e, por isso mesmo, os procedimentos de saída e chegada, que tomavam muito tempo, podiam atrasar ainda mais a viagem.

— Eu o vi subir — disse ao cozinheiro. — Deve ser a rotina dos portos brasileiros.

Se fosse a peste de que tanto falava Aingeru, todo mundo ia se contaminar no navio, inclusive os oficiais. E o navio não sairia dali, ou porque os brasileiros proibiriam, ou porque a tripulação não teria saúde para navegar. Por insensatos, tirei os pensamentos da cabeça. Queria subir para um cigarro, encontrar o francês, livrar os pulmões daquele ar viciado de gordura que chegava dos pratos sujos na cozinha.

— E os ingleses, ainda aprontam com você e seu amigo? — perguntou o cozinheiro.

— Às vezes não. Ultimamente até melhorou um pouco, parece que todos andam mais ocupados com os próprios problemas. Duro é tirar o catarro preto de fumo de cachimbo do chão. Se quiserem me jogar no mar agora, vou boiando até a praia e pego outro navio para voltar à Espanha. Hora ingrata em que decidi embarcar, a cada dia que passa a minha vida em Vigo me parece melhor.

— Não se queixe. Em Vigo não veria outros mundos. Ao menos terá o que contar aos seus amigos.

— Se ainda tiver amigos.

Voltei ao trabalho sem ver o francês, a primeira ocasião desde o começo da minha aventura. Só fui reencontrá-lo no alojamento, e ele não parecia bem.

— O que houve, companheiro? Procurei você o dia todo.

— Não sei, Bernardo. Minha cabeça dói como se eu enfrentasse três ressacas de vinho ruim. Também tenho dor nas juntas, no corpo todo.

— Coma alguma coisa, seu mal é fome.

— Tentei, mas não desceu. Olhei para a comida e tive ânsia.

— Ora, sempre que olho para a comida do navio tenho ânsia. Três vezes ao dia, sete dias por semana — tentei brincar.

— Algo estranho passa, Bernardo. E não são os maus-tratos da tripulação. Sinto que estão escondendo alguma coisa.

As mudanças no ânimo dos marinheiros inquietavam Aingeru. Ele estava transtornado, começou a falar em basco e pelo tom parecia um desfile de palavrões, de maldições. As palavras saíam cada vez mais rápidas da sua boca, até que parou e ficou prostrado. Imaginei que tivesse caído no sono, fui para meu catre e dormi também, profundamente, tirando o cansaço do corpo e afastando os maus pensamentos da mente. Nem me dei ao trabalho de fumar o cigarro da noite, que tanto conforto me trazia. "As estrelas, o mar e os portugueses estarão lá amanhã", pensei. O navio, liberado no fim da tarde, rumava devagar para Salvador. Pensei em ficar perto do francês, que não parecia bem, mas lembrei de um ditado galego: "Cão que muito lambe tira o sangue". Achei por bem deixá-lo quieto até de manhã.

Despertei, e Aingeru continuava dormindo no catre, embrulhado no cobertor. Devia estar indisposto e, se permanecia deitado, com certeza tinha ordem para isso. Não o acordei e segui minha rotina de limpeza, sem me preocupar muito com ele. Terminei as tarefas bem tarde, subi ao convés com o dia terminando. Estava estranhamente vazio. Na terceira classe não havia ninguém. Imaginei que os imigrantes estivessem se preparando nas cabines para o desembarque em Salvador. Mas notei marinheiros caminhando em duplas pela popa. Interpelavam quem aparecia do lado de fora e ordenavam que voltassem às cabines. Soube depois que a circulação pelas áreas externas estava proibida. Um par se aproximou de mim e mandou que eu fosse para o alojamento. Um deles disse que era por causa do mau tempo, mas não havia nuvens no céu, e a vista do litoral, no lusco-fusco, chamava minha atenção — o pôr do sol em terra, atrás das montanhas, era algo que nunca tinha visto. Em Vigo, ele morria no mar.

Disse que queria terminar de fumar antes de me recolher, mostrando a eles o cigarro pela metade, mas pelos gestos entendi que a ordem era imperiosa. Começaram a gritar em inglês e me empurraram na direção da porta. Joguei a ponta no mar, dei meia-volta e segui para o refeitório. Nem o pouco que tinha para fazer fora do trabalho me era permitido. Arminda e os portugueses estavam fora do alcance, Aingeru recolhido na cama, e me senti abandonado, tomado pela angústia. Não que fosse de muito falar, sentia falta de ouvir. Sem conseguir pegar no sono, resolvi ajudar e fui à cozinha em busca de um pouco de água para o francês.

— Seu amigo está doente? — perguntou o cozinheiro. Estava sozinho no salão, cabisbaixo na ponta de uma das mesas. — Melhor ficar longe dele. E se for essa gripe que estão falando?

— O que você diz? Que gripe?

— Os marinheiros falaram que ele está muito mal, não apareceu aqui o dia inteiro. Você é ingênuo, rapaz? Não percebe o que está acontecendo? A doença tomou o navio. O medo é que não nos deixem desembarcar. Ouvi conversas de que existe um morto a bordo, que vão atirá-lo ao mar. Estamos nas mãos de Deus agora. Dizem que trouxeram o mal das trincheiras para cá, e eu não duvido. Esse navio está amaldiçoado e não é de hoje.

— Que tolice é essa? Os portugueses desembarcaram em Recife. Se estivessem mesmo doentes, voltariam de lá. Vi o médico brasileiro entrar no navio. Quem garante que é o mal das trincheiras? A Inglaterra e a Espanha estão longe das trincheiras, Aingeru embarcou só para escapar da doença. Ele é forte, um dia na cama e estará descascando suas batatas, deve sofrer deste ar pestilento do navio, logo fica bom.

— Se você quer acreditar... — disse. — Mas não despreze meu conselho, fique longe do francês. E, se puder, desça no próximo porto.

8

O próximo porto era Salvador da Bahia. E tudo foi bem rápido, sem nenhum problema no desembarque. Aingeru ainda não tinha voltado ao trabalho. Seguia enrolado no cobertor, só os olhos vermelhos e a ponta do nariz para fora, a testa molhada de suor.

— Trouxe água para você. Como está, melhorou?

— Nem consigo abrir a boca, meus dentes estão colados. O médico passou por aqui, me deu umas pílulas. Disse que volta mais tarde.

— Você pegou um resfriado por causa deste ar do navio. Fique tranquilo, companheiro. Senão, já teriam levado você para a enfermaria.

Fazia três dias que Aingeru não saía da cama nem para comer. Levantou o rosto em minha direção, puxou o cobertor para cima e mostrou os pés, azuis. Parecia uma gangrena sem feridas. As bochechas escurecidas, arroxeadas, como se todas as veias do rosto tivessem estourado de uma vez, os olhos ainda mais vermelhos.

— Minha cabeça vai explodir. Dói demais, não consigo parar de tremer. Sinto dor em todos os ossos do corpo. Estou com medo, parece que estou me afogando por dentro.

— Não há de ser nada, mas você tem de sair desta umidade. Aqui nem circula ar. Tome um pouco d'água.

Aingeru não conseguiu abrir a boca, e a água desceu até seu peito, que subia e descia depressa. Tive de segurar o copo, ele não conseguia erguer os braços.

— É a peste. Puta que pariu, ela me pegou nesta merda de navio — falou com voz fraca.

Era difícil ouvir o que dizia, tive de encostar a orelha perto da sua boca.

— Que peste, *cabrón*. Não há de ser nada. O médico disse o quê?

— Para me embrulhar no cobertor e suar. Acho que vou morrer.

O cobertor estava quente, encharcado, com o suor empastado. Seu corpo tremia como o de uma criança assustada, e ele chorava. Teve um acesso de tosse que parecia não ter fim. Pensei que não fosse respirar mais.

— O que posso fazer por você, amigo? — perguntei.

— Me leve para fora. — As mãos roxas tentando segurar a tosse.

— Por nada. Você não é capaz de sair da cama. Chamo o médico?

— Nem médico nem padre, me leve para cima, me tire daqui.

O francês queimava, nunca vi febre tão alta. Apoiei seu braço no ombro e o arrastei pelo corredor. Não conseguiu subir a escada. Tive de levá-lo no colo. Os lances duraram uma eternidade, o peso maior que minhas forças. Sentamos no primeiro banco perto da porta, eu estava exausto, assustado com a situação. Parecia que o ar não entrava em seu corpo e o pouco que guardava no pulmão saía aos jorros, como catarro escuro. Ele tinha espasmos, pela boca descia uma baba de saliva e sangue. Mas parecia tranquilo, talvez porque não tivesse escolha. O olhar vazio para a frente, um olhar de louco, de alguém que tinha aprendido tudo o que precisava. "Sabe mais o demo por velho do que por demo", pensei.

— Ali — pediu, como pôde, apontando a amurada do navio com o queixo.

"Ele vai morrer. E eu também", ficava martelando. Enlacei a cintura de Aingeru e o carreguei nos ombros. Apoiei o corpo nos tubos e o segurei pelos joelhos, ele não conseguia se firmar.

— Que Deus me guarde — disse.
— O que quer fazer, francês? Vou descer você daí e correr atrás do médico.
— Que não, não precisa mais.
Não havia ninguém por perto. Ficamos assim, um olhando para a cara do outro por um bom tempo. Ele não me via mais, seu olhar atravessava meu corpo, ia para longe, não estava ali. Não me ocorreu nada para dizer a ele, que apoiava as duas mãos nos meus ombros, a testa colada na minha.
— Chegamos à América, amigo. Conseguimos. Não vou deixar a peste... fujo dela desde... não vai me matar. *Merci*, nos vemos do outro lado.

Dobrou o tronco para trás, me empurrou com os pés e se lançou no espaço.

Subi na amurada e tudo que vi foi um ponto de espuma se afastando do navio. Aí me lembrei de soar o alarme de "homem ao mar". Marujos jogaram salva-vidas da popa, mas o francês não voltou à tona. Acho que em seus pulmões não cabia mais nada, e ele afundou no abismo. O navio reduziu a velocidade por alguns minutos, mas logo continuou seu curso. Marinheiros olhavam as águas e agitavam os braços. As boias não poderiam ajudá-lo. Segui debruçado na amurada, sem saber o que fazer, tentando ver meu amigo no oceano. Tinha acabado de testemunhar a morte de Aingeru, e foi tão rápido que não conseguia entender. Ele foi embora, fácil assim. Pulou e acabou. Dois marujos me levaram para baixo pelos braços até uma cela. Fui deixado sozinho, no escuro.

Por que quis morrer daquele jeito? E eu não consegui reagir, nem tentei segurá-lo. Foi tão rápido, tudo foi tão rápido... Vi o amigo morrer sem ao menos ajudá-lo. Deixei que escolhesse o próprio destino, tentava me justificar. Mas sabia que era errado. Fiz o que ele pediu sem ser capaz de impedi-lo, sem um apelo. Deveria ter tirado o infeliz da amurada e procurado um médico. Na verdade, nem deveria tê-lo deixado ficar lá. Bastava chamar os marinheiros. Sabia ou não sabia o que ele queria? Sim, claro que sabia. Estava respeitando o pedido de um morto, e ele já estava morto antes de cair. Que coragem de merda, Aingeru. Você tinha de lutar para viver, achou mais fácil desistir, talvez tenha pensado que ganharia da peste por não morrer dela.

Eu não era capaz de saber se ele estava certo ou errado, se eu estava certo ou errado. Deixei um amigo morrer. Foi o que fiz, por mais que pensasse em desculpas mais dignas, e nunca me perdoaria por isso. Tentei dormir, mas não conseguia tirar a imagem do corpo se dobrando, os pés descalços e azuis no alto, o vazio. O corpo quente, o desespero, a voz que saía como um fio da sua boca. Assim agem os amigos? Talvez devesse ter pulado atrás dele, me deixado afogar também. Ia levar Aingeru comigo para sempre como uma culpa. Seu fantasma seria parte da minha vida, um fantasma de dentes tortos, rindo de qualquer bobagem. Para ele, aquela viagem servia para continuar vivo, para fugir de seus fantasmas. E para mim? Não era nada, só um capricho desesperado, uma decisão mal tomada, como tantas que tive. Como nada eu tinha sido desde sempre. Era um covarde miserável, incapaz até de ter um amigo, incapaz de escolher o que fazer da vida. Naquela hora soube que eu sempre tinha sido isso, pouco além de um merda, o malandro que achava que podia resolver tudo, que acreditava ser um grande sujeito, mas não passava de um estorvo.

No dia seguinte, um sujeito que, pela roupa que usava, parecia ser um oficial chegou à porta. Falou em inglês, e não entendi palavra. Bem mais tarde, alguém deixou uma caneca com água e uma sopa, sem talheres. Eu queria saber por que estava ali. Ninguém se interessava por Aingeru ou por mim, por que seguia trancado? Comecei a bater a caneca na parede de metal, pedi para conversar com qualquer um que entendesse minha língua, por nada. Não lembro quantos dias passei dentro da cela. Quando a porta enfim se abriu, havia dois sujeitos fardados do lado de fora. Amarraram minhas mãos e disseram em português que eu deveria acompanhá-los. Perguntei a razão.

— Você é acusado de matar um marujo e jogá-lo ao mar. Está preso e vai ser julgado pelas leis brasileiras. O crime aconteceu na costa.

— Onde estamos? — perguntei, sem entender. — Não matei Aingeru. O rapaz era meu amigo, só fiz o que pediu. Eu o coloquei na amurada, mas foi ele quem pulou. Não empurrei ninguém.

— Fale isso para o juiz — disse um dos soldados, antes de puxar a corda com força. — Não faça nada do que se arrependa, se tentar fugir, vamos atirar para matar. Venha.

O sol queimou meus olhos quando deixamos o navio e me senti enjoado, como no primeiro dia a bordo. Procurei Arminda entre as pessoas que passavam, mas só vi os marinheiros ingleses, me olhando como se eu fosse o demônio. Para eles, eu era o Jonas, a culpa pela peste cabia a mim. Deviam acreditar que agora tudo voltaria ao normal naquele barco desgraçado.

O movimento no porto era intenso, navios sendo carregados, estivadores carregando sacas. Senti cheiro de café e de suor. Andamos até sair do embarcadouro, a caminho da cidade. "Que destino filho da puta", pensei. "Numa terra estranha, acusado de matar meu amigo, sem ter como me defender sozinho." Na delegacia, tiraram minhas roupas e me colocaram embaixo de um cano d'água. Depois ganhei uma calça curta e só. A cela era muito quente e estava lotada, sem lugar para deitar. Umas vinte pessoas ocupavam o espaço em que caberiam cinco ou seis. Tinha de tudo ali: negros, italianos, portugueses e, ao que parecia, um índio pelado, chamado de Cacique. A água de beber era quente e imunda, a comida fedia. Havia um buraco no chão para as necessidades, aberto num canto da cela. Vivia ocupado, muitos tinham diarreia por causa do rancho. Eu mesmo não comia quase nada e vomitava todo dia. O cheiro do lugar era de merda, mijo, vômito, porra e suor misturados, um nojo permanente que entranhava no nariz. Eu não ligava para nada. Podia morrer ali, transmitir a peste, infectar todo mundo. Não dava mais para comer, nem queria encarar ninguém, me acocorei no meio da cela e fiquei por lá, sem nem conseguir chorar. Fiz tanta burrada na vida, mas daquela eu nunca me recuperaria. Esperava a hora da febre, que não vinha. Queria ficar azul como meu amigo.

— Por que está aqui, galego? — perguntou um dos italianos, dias depois que cheguei. — Não venha dizer que não sabe e é inocente.

— A verdade é que não sei. Nem sei onde estou, para dizer a verdade.

— Eu fui preso porque levava uns livros na mala. Esses meus camaradas também. Aqui é São Paulo, a terra da oportunidade. — E riu da própria graça.

— Uns livros?

— *Ragazzo*, aqui todos somos inocentes.

O sujeito parecia mesmo dado a leituras. Usava óculos redondos e finos, de metal. Disse que era calabrês e sapateiro, mas suas mãos não tinham os calos do ofício. Estavam mais para as mãos de um padre.

— Um sapateiro que lê. O que tinha dentro desses livros que te trouxeram para cá? — perguntei.

— Eu que sei? Histórias.

— Boa sorte, só me deixe quieto, não entendo bem o que você fala.

Mas o italiano não parou. Deve ser da raça. Contou que estava ali com alguns parentes, que era um sujeito estudado, que não merecia aquele destino, sonhava com uma rebelião na cadeia e me convidou a uma greve de fome.

— Estou em greve de fome desde que cheguei. Quem come essa lavagem que servem como comida? Só quero sair daqui o quanto antes, me trouxeram direto do barco para cá.

— Pode perder as esperanças, ninguém vai tirar a gente deste buraco. Por que desembarcaram você aqui?

— Era clandestino.

— Conta outra, galego. Isso não é problema de polícia. Alguma merda você fez na viagem.

— Foda-se, italiano. Não me importa. Não me incomode.

9

A prisão me encardiu. O suor colava a sujeira no corpo, e a coceira abriu feridas. O cabelo e a barba estavam duros e cheios de piolhos e pulgas. Faltava ar, uma caneca d'água salobra precisava durar um dia, presos mijavam na calça para não pisar na retrete forrada de merda, vômito e vermes. Restos de comida apodreciam no chão, e os ratos desviavam das pernas para cruzar a cela. Os ossos rasgavam a pele, abriam feridas. Que país era aquele em que deixavam gente virar bicho?

Passou muito tempo depois da minha prisão, até que eu perdesse a noção dos dias, e então abriram a porta e nos tocaram para o pátio. Tomamos banho de mangueira e cortaram nosso cabelo à máquina. Deram uma calça nova para cada um e nos puseram em fila.

— Tem um trabalho fora do presídio. Quem aceitar vai reduzir a pena e só volta para cá para dormir. Vamos ajudar os médicos de Santos, quem sabe ler e escrever dê um passo à frente — disse um oficial.

— Eu sou voluntário — falei.

Queria sair daquele formigueiro, botar a cabeça para fora. Todos iam morrer naquela cela. Se foi fácil para a peste invadir o navio, naquele monte de gente espremida não ia sobrar um. O índio também deu seu passo, lembro que estranhei na hora, e mais três ou quatro — nenhum italiano. Perguntaram meu nome e não encontraram minha ficha. Quiseram saber de onde vinha. Iam procurar os registros, mas, mesmo assim, me deixaram no grupo de voluntários. Um enfermeiro distribuiu os uniformes, luvas grossas e um chapéu que cobria quase toda a cabeça, bem quentes naquele calor. Perguntou por que meu nariz escorria. Respondi que começou no vapor. "Deve ser a maresia", eu disse. Ele encostou a mão na minha testa e me liberou. Formamos duplas e saímos da cadeia empurrando carrinhos de madeira, e um *chaval* mascarado, que nunca soube se era polícia ou enfermeiro, nos conduzia. Nossa tarefa, ele falou, era recolher corpos pelas ruas da cidade.

Meu parceiro se chamava Antônio, "brasileiro de São Vicente, pecador e pescador", como não parava de repetir. Antônio São Vicente nunca me disse por que foi preso, mas conhecia a cidade. "Santos é uma ilha plana com uma serra no meio." O porto fica na curva de um estuário que acaba numa baía aberta para o mar. No começo, cobrimos dois bairros, subindo uma avenida grande e voltando pela paralela, ao lado do canal. Os mortos eram colocados no carrinho, levados para um armazém e deixados no chão. Eu entregava uma cópia da papeleta que amarrava no pé do defunto, com o endereço em que tinha sido recolhido, e o enfermeiro completava com o nome, se encontrasse algum documento. Pelas roupas, parecia gente pobre.

Não voltei mais para a cadeia. Dormia na palha, do lado de fora da Santa Casa, em um cercado que deve ter sido usado por cavalos, pelo cheiro de bosta seca. O dia começava com café com leite, pão e manteiga, à noite serviam caldo, que deveria vir das sobras do hospital. Era melhor, bem melhor, que na prisão.

No começo, pegávamos os corpos de quem morreu na rua. Pontos de ônibus, portas de bar, marquises. Acho que levei uns dois ou três ainda vivos para o depósito, mas não me culpava. Fiz o que tinha de fazer, iam morrer logo de qualquer jeito, a mesma pele azulada e a respiração de afogado de Aingeru. Dias depois, as pessoas começaram a sair de casa e nos chamar. Entrei em cortiços com a padiola, famílias choravam ao redor dos corpos, ninguém tinha coragem de tocar o defunto, nem para um último carinho. Sem velório, sem enterro. Consolava os parentes feito padre, falando pouco, baixo e de longe. Eles só queriam que eu levasse os corpos embora logo. Tinham medo do que estavam vendo e do que poderia acontecer com eles. Lembro de uma rua de terra, a galinha podre no muro baixo entre duas casas, o cheiro que chegava do outro lado da rua. A mulher, da janela, gritou que fez o prato para a família vizinha, mas eles nunca foram pegar, estavam fracos demais para sair da cama — e se, "por gentileza", disse ela, poderíamos tirar a carniça dali. Entramos na casa, limpa, bem-arrumada. O pai, a mãe e quatro crianças mortas. Um cachorro magro na cozinha, tão faminto que não pôde latir. Tiramos os corpos, a galinha ficou lá.

— Dia desses, largo este carrinho e volto correndo para minha família — falou Antônio São Vicente. — Na primeira vacilada do mascarado, eu desapareço.

Ele queria subir o morro e descer em São Vicente, encontrar a mulher e fugir para os lados de Cananeia ou ainda mais para o sul. O plano era atravessar pelos canos de esgoto que ficavam embaixo da ponte pênsil e sair da ilha. "Sou bom pescador, comida não há de faltar", dizia. As ruas estavam vazias, e a cidade, silenciosa. Só se ouvia o ranger das rodas dos nossos carrinhos e os cascos dos cavalos da polícia no calçamento de pedra. Ninguém tinha coragem de sair na cidade fantasma. Os carroceiros éramos as almas penadas. Santos tinha poucas saídas para o continente. Para as praias, o caminho era a ponte pênsil, que Antônio São Vicente queria atravessar se equilibrando em cima dos canos. Do outro lado, havia a estrada de ferro que vinha de São Paulo, pela serra. Foi dele a ideia de pegar as alianças e os anéis dos defuntos. Escondia os meus dentro das luvas.

Com o passar dos dias, o número de corpos aumentou. Vi famílias carregar seus mortos para a calçada, com medo de se contaminar, lenços tampando a cara. Alguns deixavam os mortos tombados na janela, por vezes só o braço para fora. Antônio São Vicente não teve tempo de rever os filhos. Com menos de uma semana de trabalho, começou a tossir, e logo veio a febre — eu sabia onde a história acabava. Naquela noite, os enfermeiros o levaram para dentro do hospital. Nunca mais o vi.

Sem parceiro, fui convocado para outra tarefa, enterrar defuntos no Cemitério da Filosofia, no Saboó, lá para os lados do Morro da Penha, nos cafundós do porto. Eram muitos, todos os dias, em covas coletivas, a maioria sem família — ninguém queria estar perto daquela pestilência. Ficava trancado no cemitério, guardado pela polícia, que vigiava a entrada. O trabalho não tinha fim, começava com o raiar do dia e seguia até anoitecer. Os outros coveiros moravam na cidade, eram funcionários. Dias depois, a prefeitura arrumou iluminação para seguirmos com os enterros noite adentro. Eu me lavava na torneira perto da capela e dormia no banco de madeira, embaixo da imagem de um santo que não conhecia. Ia morrer por ali, tinha certeza, mexendo com tanto cadáver. Desde a viagem, só convivi com doentes. Parecia que a peste passava por mim sem me notar, como se eu fosse mais insignificante que o micróbio. Agradecia por estar vivo, mas não era capaz de entender a razão. Se é que era vida morar em um cemitério, jogando corpos dentro de valas, esperando a hora de ficar doente e morrer também.

De noite, vagava sem medo pelas ruelas, menos silenciosas que as avenidas da cidade. Macaquinhos pulavam nas árvores, e o lugar estava cheio de corujas. Nas caminhadas, procurava um jeito de sumir dali. Quando a peste fosse embora — isso era claro para mim —, voltaria para aquela cadeia imunda e não sairia mais de lá. Fui acusado de assassinato, as testemunhas estavam no meio do oceano, não tinha advogado. O capitão do *Demerara* deve ter escrito um relatório, e eu seria condenado por isso. Torcia para que os papéis não tivessem chegado à justiça, esperançoso de não terem encontrado meu nome quando saí do cárcere. Mas não poderia contar com isso, precisava fugir.

As conversas com Aingeru iam e voltavam da minha cabeça. O francês estava certo o tempo todo. A peste era igual ao que cantava sua mãe. Trucidaria quem entrasse na sua frente, e eu estava ali, diante dela, feito um toureiro na arena. Ele não estaria vivo mesmo que acreditasse em suas histórias, mas eu poderia ter feito diferente. Ou não. Agora estava ali, eu, Aingeru e meus mortos. E Amália? Será que estava viva na Espanha? Será que arrumou casamento ou seguiu na vida de puta? A andaluza sabia se arranjar, estava seguro de que escapara da doença. Só queria estar na sombra da oliveira, vendo o bonde ir e vir. Pensar em Aingeru, Amália ou Vigo era um jeito de não ter de enfrentar a verdade. Saí da cadeia para ficar preso no cemitério, enterrando os ossos dos mortos da peste. Já estava no lugar adequado para desistir e tentava encontrar razão para seguir vivendo. Não tinha nada melhor do que a vida mesma, a vidinha miserável que eu levava. Por isso era urgente escapar, buscar ajuda, desaparecer, ir para onde ninguém soubesse de mim.

Numa das andanças noturnas, cheguei aos fundos do cemitério. O muro ali era baixo. Nem roupa eu tinha, desde a mudança de tarefas. Trabalhava sem camisa, descalço e com um chapéu de pano, as duas alianças que sobraram dos roubos amarradas no cadarço da calça. Pulei o muro e, com a ajuda da lua cheia, caí no mundo, alta madrugada. Passei por umas casas espalhadas. Encontrei um varal, roubei a calça e a camisa ainda úmidas, curtas e apertadas, e segui para o mato, meio culpado por ter levado a roupa daquela gente tão pobre. Do lado de fora, me meti nas vielas até atravessar uma rua larga e entrei no mato fechado, os pés se enchendo de espinhos. Imaginei que se ficasse ali ninguém me procuraria, a polícia tinha mais o que fazer. Passei o dia seguinte vagando, tomando água dos córregos. Comi talos de uma folha larga, que serviam de vez em quando na cadeia e os presos chamavam de taioba, e uma fruta grande e viscosa, que deixou minhas mãos e minha boca grudentas e encardidas. Dormi embaixo de uma árvore grande e no dia seguinte, ao avistar uma clareira, dei de cara com trilhos de trem. Enfim, poderia seguir alguma coisa. Fui parar nos fundos da ilha, de onde podia ver as docas, no caminho de Cubatão. No começo, achei que estava em um ramal desativado. Andei bastante até aparecer o primeiro trem.

Se os trilhos davam o rumo, andar descalço foi uma ideia estúpida. Com um pé no trilho e outro nas pedras, cortava um e queimava o outro. De tempos em tempos ia para o mangue enfiar os pés na água e aliviar as dores. Desse jeito cheguei a uma grande estação de madeira, depois de cruzar uma ponte grande, com medo de que a locomotiva aparecesse e me obrigasse a pular no estuário. Estava vazia. O único funcionário atrás do guichê falou, de longe, que os trens de passageiros estavam suspensos. Ali era a estação Piaçaguera, a última antes da subida da serra.

— Consigo pegar um trem para São Paulo? — perguntei ao rapaz.

— Acho difícil. Por que quer ir a São Paulo? A cidade está empesteada.

— Mas aqui não está? Tenho parentes lá — menti.

— Vai ter um trem de carga em meia hora, você pode tentar subir nele. Mas, se te pegarem, chamam a polícia.

O rapaz não saiu de trás do seu nicho durante a conversa. Metade da família estava de cama com a gripe, disse, por isso dormia na estação. Arrisquei e perguntei a ele se não tinha um sapato para me emprestar. Indicou o depósito dos funcionários da manutenção, meio abandonado.

— Tente lá. Sempre tem coisa.

Lavei os pés na torneira, bebi toda a água que pude, lavei a camisa, que deixei estendida nas pedras, e fui procurar o calçado. Achei um par de botas gastas. Agora era esperar a hora do trem. Pensei no que fazer em São Paulo. A cidade deveria estar deserta como Santos, com o comércio fechado e sem gente na rua. Talvez encontrasse uma casa vazia ou algum lugar em que pudesse trabalhar em troca de comida e pouso. Depois, procuraria algum galego para pedir ajuda.

10

Pendurado na escada de metal do lado de fora do último vagão, acompanhei a lenta subida da locomotiva, puxada por um cabo de aço. Fiquei imaginando quantos não teriam morrido para fazer a estrada de ferro, que cruzava penhascos no meio da mata cerrada. Dali dava para ver Santos e São Vicente inteiras, com o mar no fundo. Em algum lugar, do outro lado da água, estava a Espanha. A acreditar em Aingeru, e por tudo o que vi não tinha por que não acreditar, talvez nem a Espanha existisse mais e todos estivessem mortos.

    Estava na rota dos imigrantes. Quantos subiram por aqueles trilhos, sentados em vagões de passageiros? São Paulo demorou a chegar. Depois de algumas paradas, o trem seguiu por um caminho cheio de lagos, até que apareceram os primeiros sítios e casas. Achei por bem ficar no trem mais tempo, mas o casario começou a crescer para os lados dos trilhos, e resolvi descer. Era fácil me ver das ruas, a qualquer momento a polícia me encontraria, e, clandestino, sem papéis e sem falar português direito, voltaria para a cadeia. Na primeira curva mais lenta saltei para o mato. Começava a amanhecer. O lugar tinha ruas de terra, as portinhas do comércio estavam fechadas. No portão de uma casa, dois velhos conversavam.

    — Bom dia, sabem como faço para chegar ao centro? — perguntei.

    — Rapaz, de onde você vem? O centro é muito longe — respondeu um deles, depois de olhar meio assustado para mim. Barbudo, de cabelo espetado, com roupas curtas e amarrotadas, uma bota três números maior que meu pé. Que triste figura eu era. Expliquei que chegava de Santos, estava em São Paulo em busca de parentes, mas perdi o dinheiro e os documentos no trem. "Talvez alguém tenha roubado", disse. Eles não pareceram surpresos com a história.

— E de que bairro são? Seus parentes, digo — quis saber o que parecia ser o dono da casa.

— Osasco — respondi.

Era onde morava o irmão de Arminda, pelo que lembrava das conversas. Também lembrava do nome dele, o bilhete que me deu tinha ficado no navio.

— Mas é muito longe daqui, você desceu na estação errada.

— Quando me vi sem dinheiro, fiquei desesperado — menti. — Consigo ir a pé até lá?

— De verdade, não sei nem como chegar lá. É na outra ponta da cidade, para os lados da Lapa e da Vila Leopoldina. Vai andar o dia inteiro. Acho que tem trem para lá saindo do centro.

Pedi para ficar um pouco ali e descansar. Tirei os sapatos e sentei perto da cerca. Meus pés estavam em carne viva, inchados e vermelhos, fedendo a estragado. O homem entrou na casa e voltou de lá com um copo d'água. Também ofereceu uma bacia para eu me lavar.

— Acho melhor você ir ao farmacêutico. Esse pé está muito feio, filho.

— Não tenho como pagar, senhor. Até amanhã eles melhoram.

— Se quiser se encostar aqui no quintal, fique à vontade. Você não está com a gripe espanhola, não? Tem um coberto no fundo.

— Não, senhor. Nem sabia que se chamava assim. No meu país ela é o mal francês. — E tentei rir. — Mas garanto que não cheguei perto dos doentes, nem dos espanhóis nem dos franceses. Aqui está bom, só preciso descansar as pernas um pouco. Tem espanhóis no bairro?

— Como não? Aqui tem uma colônia. Você é espanhol? Pensei que fosse português. É de lá que veio a doença.

— Sou da Galícia, a língua é parecida. Mas juro pela Virgem que não tenho nada. Nem tosse, nem nada.

Os dois ficaram um bom tempo de conversa e esqueceram de mim, com os pés dentro da bacia e um resto de barra de sabão nas mãos. Não falaram mais de peste, estavam interessados no preço da comida, nas próprias hortas, no tempo, na guerra, que para mim parecia tão distante agora. Pela primeira vez desde que desembarquei, vi o Brasil como um país generoso.

O velho me deu uma nota amassada, que aceitei sem saber se era pouco ou muito dinheiro. Indicou o caminho da farmácia, duas esquinas adiante, e a direção da estação e das casas dos espanhóis. Lembrei das alianças que escondi. Dei uma a ele, podia valer algum dinheiro, disse, mas o velho não aceitou.

— O senhor escreva seu nome e endereço, prometo voltar e devolver o que me deu.

— Rapaz, isso é de coração, não é muito e não faz falta. Tão menino e já casado? Meu nome é Ernesto, mas não sei ler nem escrever, vou buscar papel e lápis, e você mesmo tome nota. Mas não precisa voltar por isso, ora essa. Aqui as pessoas se ajudam.

— Dom Ernesto, vou agradecer o senhor para sempre.
— E então me dei conta de que ele não sabia o meu nome. — Me chamo Bernardo Gutiérrez Barrera.

Ele olhou para mim com cara de abobado, saber meu nome para ele não tinha nenhuma importância. Fez um sim com a cabeça e sorriu.

— Bernardo, é assim? Seja feliz e que volte quando puder, melhor do que veio antes. Não precisa me pagar, não. É dinheiro pouco, até para nós.

Mesmo com tanta bondade, arrisquei um último pedido.

— O senhor não tem aí um par de meias velhas, por acaso? — E pisquei.

Ernesto achou engraçado, olhou para os meus pés, balançou de novo a cabeça, cuspiu de lado e disse: "Não". Foi quando notei que ele mesmo estava descalço. Mas foi em busca de umas folhas de jornal para forrar meus sapatos.

Passei na frente da farmácia e não entrei, seguindo o caminho para os espanhóis e a estação — queria muito encontrar minha gente, sentir algum conforto, não sei bem por quê. As casas estavam fechadas, e ouvi pessoas tossindo e gemendo atrás das paredes. A calma era uma ilusão, a peste também estava ali. Numa esquina, dentro de um bar aberto, vi três sujeitos tomando aguardente. Achei aquilo tão fora do comum que atravessei a rua. Não sabiam da doença? Puxei conversa, mas não conheciam espanhóis por ali, disseram. A estação, sim, ficava perto.

— O que vocês bebem? — perguntei.

Um deles ofereceu o fim do seu copo. O gole entrou errado e foi para o pulmão, a garganta parecia uma brasa, e fiquei com o gosto azedo de cana por dias. Tossi sem parar, afogueado, os olhos molhados.

— Olha o contaminado da pinga espanhola — troçou um deles, os bêbados às gargalhadas. — Chico, traga aquela mistura nova aqui para o amigo, pelo visto ele não tem preparo para a nossa bebida.

O dono do bar encheu o copo de cachaça com uma colherada de açúcar, espremeu um limão por cima e mexeu a mistura. "Para não pegar a doença, galego", disse. "Cura até doença ruim." Era bem melhor e mais fácil de beber, e muito doce. O limão tirava o amargo da bebida.

— Como sabe que sou galego?

— Aqui tem muito galego, espanhol é que não tem.

Ri da história do rapaz. O galego é um espanhol, como um paulista que também é brasileiro, tentei explicar. Mas eles contestaram. Espanhola, no bairro, só a gripe. Quem morava lá eram os galegos. E também não tinha italiano, só calabreses, sicilianos, napolitanos...

— Tem de tudo aqui, o mundo inteiro chegou no Ipiranga. — E todos riram outra vez.

— Mas vocês...

— Nós somos da terra, português misturado com índio e preto, caipiras. Vivemos aqui faz tempo. A linha de trem para o centro é que trouxe gente nova para cá. O lugar está mudando, tem fábrica agora, comércio novo. O bairro não é mais o mesmo.

— Me cobra a bebida? — pedi ao dono. Queria sair dali o quanto antes, achar algum galego ou ir para o centro e conhecer a cidade antes de ficar mais troncho que meus novos amigos.

— Essa está paga — devolveu.

Agradeci meus companheiros de trago, mas insisti. Precisava de alguma referência para entender quanto valia a nota que ganhei de dom Ernesto.

— Quanto custa uma dose?

— Um tostão, rapaz.

Quanto era um tostão? Eu tinha uma nota de mil-réis, quantos tostões valiam? Entreguei a nota e pedi para me cobrar. Os bêbados protestaram: "Você paga uma nova. Essa é nossa". Chamei mais uma rodada e recebi um monte de moedas de troco, pensei que não dariam para pagar o trem.

— Tenho que pagar uma rodada para eles? — perguntei ao dono do bar.

— Não, são pinguços velhos, têm caderneta aqui. Só bebem fiado, está na conta. Cobrei só a caipirinha.

Saí do bar para além do meio-dia, trançando as pernas. A bebida era forte, e eu estava de estômago vazio. Mas não esqueci a indicação dos bêbados: seguir pela avenida Nazaré até chegar a um parque com um prédio grande em construção, depois virar à direita para a estação. Demorei bastante a chegar, tão tonto que não lembro quanto paguei no bilhete. Enfiei a mão no bolso e despejei as moedas. O caixa empurrou quase todas de volta junto com a passagem. Deixei os galegos do Ipiranga para outro dia.

Pela janela do trem quase vazio, vi o quanto a cidade era grande. Do Ipiranga até o centro, cruzei bairros operários, fábricas, rios, muitos rios. Eu só tinha o nome de um desconhecido que vivia do outro lado do centro, longe — era o que me ligava àquele lugar. Sentia um buraco de fome no estômago quando o comboio parou na maior estação ferroviária que eu já tinha visto, bom lugar para descer. Chamava-se Luz e, no meu estado, o nome soava como poesia. Perguntei se dali podia ir para Osasco, mas soube que teria de andar até outra estação, a São Paulo, aonde chegavam os trens do interior. Fui para a rua e saí numa praça grande. Achei um banco com sombra, perto do coreto, e esperei passar a bebedeira. Vi tantas árvores naquele país novo, mas nenhuma oliveira. No Brasil não tem azeite, pensei.

Precisava comer, a tarde já ia longe, o relógio da estação marcava três e meia. Andei na direção dos prédios altos até encontrar um bar aberto. No balcão, ovos cozidos e chouriços boiando na gordura. Pedi dois ovos, por dois tostões, e segui caminho até chegar a um vale. "Theatro Mvnicipal", dizia a fachada do prédio que dominava a esplanada, no topo da colina. Sentei na escadaria lateral, com vista para um riozinho embaixo. Para passar ao outro lado precisava cruzar um viaduto na lateral do teatro — resolvi ir para lá, onde ficavam os prédios bonitos, mas a passagem pelo viaduto era paga. Poderia descer o vale e subir do outro lado, mais para baixo, ou ir até o viaduto de metal amarelo, mas me pareceu tão afastado que desisti. À merda que ia gastar minhas moedinhas para andar por aquelas bandas. Dei meia-volta. Na direção oposta do teatro as ruas eram largas e planas, e passei um bom tempo caminhando. Cruzei uma avenida, São João, dizia a placa, cheguei até outra rua grande e acabei numa praça, com a maior escola que vi na vida, fechada. Já era noite, tomei a direção da Estação São Paulo, que ficava bem mais longe do que imaginava. Não tinha mais trem naquele dia. Vi muita gente dormindo nos bancos da plataforma. Achei um canto e larguei o corpo. Depois decidiria o que fazer, o que dizer a um português que nunca tinha visto antes e ver se ele seria capaz de me ajudar.

Peguei o primeiro trem, às cinco e cinco da manhã, como marcava o relógio da plataforma. As estações iam passando, algumas em construção, outras em que a locomotiva nem parava: Barra Funda, Lapa, Leopoldina. O lugar era mesmo distante. E feio. Quando desci, toda a beleza de São Paulo tinha ido embora, Osasco era uma desolação. Sobrados pequenos, colados na beira da linha, emendados uns aos outros, morros baixos na direção do horizonte, tudo lembrava uma fazenda desolada: ruas de barro, casas espaçadas, hortas secas. "Muita terra, pouca gente", lembrei das palavras de Aingeru. Andei à toa por um tempo, não fazia ideia de como encontrar o português. Ele poderia estar em qualquer lugar naquela lonjura. Segui na direção do que parecia uma olaria, com gente trabalhando, perto de um córrego. A pinguela estava pronta a desabar, e era o único caminho.

— Bom dia, estou procurando um português que tem umas vacas de leite, parece que mora por aqui.

— *Ma che cazzo dici?* — um deles perguntou para o grupo, que respondeu aos risos. — *Portoguese?*

— Não, sou galego. Procuro um português.

Usando mais as mãos do que a boca, indicou uma direção, seguindo os trilhos. Entendi que as áreas mais abertas ficavam depois da curva da estrada de ferro e segui caminho, talvez tivesse a chance de encontrar vacas pastando. Aquele pedaço de Osasco era plano, um platô que terminava no barranco onde, bem embaixo, passavam os trilhos. Vi algumas pessoas com cadeiras na calçada, na frente de casa, decerto por causa do calor. A cada uma perguntava pelo leiteiro, mas a maioria não falava português. Passei por italianos, árabes e, pelo que pareceu, até russos, antes de encontrar um casal de espanhóis. Ele se chamava Casto, e sua mulher, Carmen. Mais velhos do que eu, muito educados, disseram que conheciam, sim. Era o único do bairro.

— Tem um português perto da estação nova, do Quilômetro 14. Ele se chama Manoel, mas todos os portugueses daqui se chamam Manoel — riu Casto, a mulher balançando a cabeça em sinal de reprovação.

Perguntei da peste, de como tinha sido com eles. Disseram que a gripe passou e deixou o bairro inteiro doente. Eles só saíram de casa quando ela foi embora.

— Morreu muita gente, sim. Estão morrendo em todos os lugares, mas parou faz umas semanas. As casas ainda cheiram a cânfora.

Explicou que o bairro era como uma ilha quadrada, fechado pelos trilhos que faziam uma curva. Do outro lado corria o rio Tietê, e o riacho que desaguava nele separava a outra ponta, onde ficava a estação de Osasco. Quem vivia ali trabalhava perto. Os mortos foram enterrados, e quem sobreviveu estava tentando pôr alguma ordem na vida. Já dava até para sair para o trabalho, fazer compras.

— Faz tempo que não vemos gente de fora. Olha lá, não vai espalhar a doença de novo.

Neguei como pude. Que não, a gripe não me pegou. Era jovem e forte e nunca ficava doente. Eu tinha visto o rio da janela quando o trem cruzou uma ponte, serpenteava por um mangue.

— Mas, rapaz, aqui os jovens foram os que mais morreram.

— Perdi um amigo para a gripe — disse, e me arrependi na hora.

Como explicar o fim de Aingeru? "Morreu na Espanha", encurtei a conversa. Disse a eles que cheguei ao porto de Santos dois dias antes e de lá vim direto para Osasco. Andei em trens vazios e não senti nenhum sintoma, mas não sei se os convenci. Casto perguntou se eu não havia passado pela Hospedaria dos Imigrantes no Brás — e aí fui pego na mentira, não sabia da hospedaria.

— Não, não passei perto. Será que ela está aberta por causa da gripe? — Nunca me valeu tanto ser galego e responder uma pergunta com outra. E mudei de assunto. Disse que estava com sede pela caminhada.

— Claro, a hospedaria virou hospital de campanha, li no jornal — disse Casto.

Carmen entrou para o fundo do terreno, trouxe uma moringa de água fresca e três copos. Havia muitas portas naquele corredor. O nome que davam para aquilo era cortiço. Eles moravam na última casa, maior e separada das demais. "É o que dá para pagar com o preço do aluguel", contou. Casto chegou ao Brasil anos antes. Trabalhava na cerâmica ali perto, fazia pias e privadas. Carmen ajudava no orçamento com peças de crochê. Eles viviam com uma viúva e seu filho pequeno.

— Pedi informação para uns italianos nessa cerâmica — disse.

— E você, o que veio fazer no Brasil? — perguntou. Eu não tinha resposta, mas inventei uma, a mais comum. Queria enriquecer, ter uma vida melhor do que na Espanha. "O que você veio fazer no Brasil?" Até agora, tinha recolhido corpos, trabalhado como coveiro e estava pronto para morrer da gripe. Bastava olhar ao redor para notar como minha conversa era estúpida. Havia encontrado muitos imigrantes, nenhum deles parecia rico nem tinha uma vida melhor que na Europa. Todos lutando para continuar vivos, fazendo o que aparecesse pela frente. Sentei em um par de tijolos empilhados perto do casal. Meus pés doíam e tirei os sapatos — purulentos. A cena assustou Carmen, o mau cheiro entrando em nosso nariz.

— O senhor é o primeiro espanhol que encontro no Brasil, espero ser seu amigo — disse a Casto.

— Carmen, traga uma bacia e salmoura para o rapaz. Não vai dar nenhum passo com essas pústulas — cortou Casto. A mulher se recolheu de novo e tempos depois trouxe uma bacia com água quente, sal e vinagre.

— Deixe os pés aí dentro por um tempo. Espere a água esfriar — falou Carmen, com um sotaque que eu conhecia bem.

— São andaluzes? — perguntei.

— Sim, de um *pueblo* perto de Granada. Você, já vi, é galego. É o que mais tem por aqui.

Doeu muito botar os pés na água quente, mas de alguma forma ajudou a aliviar o incômodo, poderia ficar ali até o dia seguinte. Enquanto Casto e Carmen falavam das boas lembranças da terra natal, para o que não dei muita atenção, Amália voltou forte aos meus pensamentos. Será que os andaluzes a conheciam? Não tinha nada a ganhar ao apresentar uma puta como minha referência de Granada e me calei. Deveria ter deixado o orgulho de lado e ido atrás dela. Mas onde? Amália tinha ficado para trás. Tudo tinha ficado para trás. O melhor era achar razões para continuar vivo, resolver o dia, ir atrás do que fazer, do próximo prato de comida, de lugar para dormir.

— ... ainda não conseguimos guardar dinheiro, mas vai chegar uma hora em que compraremos um terreninho para fazer nossa casa. Quem sabe uns quartos de aluguel como esse em que vivemos — dizia Casto. — Depois da gripe, a vida vai melhorar para todo mundo, você não acha?

— Acho, *seguro* — disse, sem certeza. — Já tomei muito o tempo e a bondade de vocês. Preciso encontrar o português. Posso voltar outro dia?

Casto e Carmen fizeram um sinal com a cabeça. Estavam envelhecendo, calculei que tivessem uns quarenta ou cinquenta anos. Ou talvez só parecessem velhos pela dureza que enfrentavam. Entendia a razão de jovens virem para a América, mas aqueles dois saíram da Espanha maduros. Algo havia, mas para que suspeitar de gente que tinha me tratado tão bem? Eu me despedi do casal, muito agradecido. Feliz por enfim encontrar *nacionales*. Perguntei se Carmen gostaria que eu levasse a bacia para dentro, ela dispensou a gentileza e jogou a água na rua. Meus pés estavam ainda mais inchados com a água quente. Coloquei os sapatos embaixo do braço e fui descalço na direção indicada por Casto.

11

Se pudesse voltar no tempo, teria começado a amizade com Manoel Martins de outro jeito, se é que sou amigo dele. Entendo por que nunca foi muito com minha cara, desde o dia em que nos conhecemos. Encontrei o português cortando capim com uma foice grande, suado, derretendo dentro da camisa puída de algodão, a calça amarrada com uma corda na cintura, o chapéu gasto, cheio de furos. Alto e forte, ao me ver se aproximando, apoiou o cotovelo no cabo da ferramenta e me olhou como se eu estivesse interrompendo a missa. Perguntei seu nome, me apresentei e disse que tinha conhecido sua irmã Arminda no navio. Ele seguiu sem falar, depois disse "Manoel, a seu dispor" — talvez esperasse um freguês para o leite. Falei das conversas no convés, do pedido para que a procurasse em Osasco e do carinho que ela tinha pelo irmão. Para nada. Olhava para mim como se não entendesse o que eu dizia. Então, fiz a pergunta errada:

— Posso falar com Arminda?
— Não é possível — respondeu.
— Tenho que devolver uma coisa para ela — insisti.

Manoel contou que, sim, a irmã havia passado por sua casa, depois de quatro ou cinco anos sem vê-lo, mas não ficou nem por uma hora. Falou para ele que tinha arrumado emprego e ganhava bem, que estaria sempre presente e o ajudaria em tudo, mas tinha de acompanhar o patrão naquele momento mesmo. Embarcariam no trem para Avaré, onde ele seria administrador de uma fazenda de café e pretendia comprar mais terras com o dinheiro que trouxe do Líbano. A família dele vivia para aqueles lados já fazia tempo. Manoel pediu para ela ficar, não poderia seguir para o fim do mundo com alguém que mal conhecia, não adiantou. Arminda deu notícias da freguesia e dos parentes, deixou um pacote de doces na cozinha e disse adeus.

— O tal patrão não desceu do cabriolé — disse Manoel, enfezado. — Nem fez questão de me conhecer. Então, seja lá o que tenha para ela, guarde com você. Contava com Arminda para me ajudar. Cheguei aqui sozinho e sozinho vou continuar. Nunca precisei de ninguém.

— Posso ajudar o senhor — tentei.

— Mas o que diz? Deixe ver suas mãos.

Estendi as palmas para ele, que cuspiu o fumo que mascava quase no meu pé e deu a sentença:

— Pegou pouco no pesado, não é? Por que quer começar agora, e bem comigo?

— Mas está cheia de calos.

— Ó gajo, quer me enganar? Se trabalhou, foi lambendo carta no correio, isso aí na sua mão são bolhas, não calos. Calos levam anos, como os meus. Não me venha com sua lábia, conheço gente como tu.

— Seu Manoel, trabalho pela comida e por um canto para dormir. Não tenho mais ninguém no Brasil.

— Tem muitos galegos no Brasil, procure seus patrícios.

Estava cansado e com fome, os pés latejando. Propus trabalhar um dia de graça, só para ele ver do que era capaz, mas nem assim o português quis conversa. Disse que eu poderia me arranchar perto do estábulo, mas que no dia seguinte teria que seguir meu curso. Ele não tinha dinheiro para dividir nem comida sobrando. Ia se casar em breve e não queria homem perto da noiva. Manoel me mandou para o fundo do terreno, onde passei a noite ao lado de umas dez vacas de leite e uns bezerros que ocupavam o espaço mal coberto e apertado, cheirando a estrume. Não me convidou para entrar em sua casa. Largou o capim, sentou-se na soleira, cortou um pedaço de fumo de corda com o canivete que levava na calça e olhou para mim. Sugeriu que fosse ao matadouro. Contratavam gente quase todo dia, estavam mudando de dono, disse.

— Aquilo vai crescer. Meu ganha-pão vem do leite que vendo ao pessoal do bairro, quase todos trabalham lá. Mas agora, gajo, o que ganho vai para construir as casinhas. Pergunte lá amanhã se não tem alguma coisa para você.

Seguiu para o poço, no meio do terreno, jogou o balde no fundo, puxou a manivela e depois virou a água na cabeça. Tirou a roupa, que pendurou no varal, e entrou na casa pelado sem dar boa-noite. Nem pensei em pedir ordem, imitei o português e também tomei um banho de balde. O poço parecia ir até o inferno, fiquei cansado puxando a água para cima. Deixei um resto para jogar na camisa e na calça, esfreguei as roupas como pude. A noite estava quente, vesti a roupa depois de torcê-la e fiquei andando para lá e para cá, esperando que secasse no corpo. Aquilo era um ermo, um brejal. Casas com candeeiros, grandes espaços abertos, mato alto. Vi bichos que pareciam ratos grandes. Arminda tinha cedido ao libanês, pensei, por isso deixou o irmão para trás. A menina era inteligente, não tinha mesmo que estar naquele ermo ordenhando vacas de madrugada e obedecendo ao irmão tosco, que cruzou o oceano para repetir o que já fazia do outro lado. Nunca mais veria a portuguesa, tinha certeza.

No momento da vigília, em que você ainda não dormiu, mas também não está acordado, comecei a pensar, ou a sonhar, em como me transformei em um sobrevivente. Desde o *Demerara* estive o tempo inteiro ao lado da morte e segui firme, sem um espirro, como se a peste não me tocasse. No orfanato, tive todas as doenças possíveis: sarampo, caxumba, rubéola, tosse comprida. Caía doente em todos os invernos com o *trancazo*. Agora, carregava e enterrava defuntos, não comia direito, cagava e mijava onde podia e ainda assim... Devia ser uma pessoa tão ruim que nem a gripe me queria. Quem sabe a culpa fosse minha, eu espalhava a doença para quem estava perto, tal como um *malparido* que só serve para danar os outros. Ou talvez fosse questão de tempo. Logo seria mais um corpo caído na rua, esperando a carroça do cemitério passar para recolher os ossos. Morrer longe de tudo que me era caro, das coisas boas na lembrança, sem nem ter os bêbados do porto para escarrar perto do caixão e inventar histórias de como fui bom. Vai ver Deus existia mesmo, como acreditava Aingeru. Mas, se existisse, que Deus era aquele que poupava alguém como eu, sem pais, sem filhos e sem futuro? E qual a vantagem de estar vivo neste mundo de merda? Encostado na cerca baixa de madeira, deixei o corpo descansar, a cabeça descansar. Passei a mão no cabelo curto e espetado, na barba dura. Ia pedir uma navalha ao Manoel antes de sair daquele lodaçal. A brisa quente embalou meu cansaço, e fechei os olhos.

O sol começava a aparecer quando senti o chacoalhão. De pé, Manoel me chutava de leve, avisando que meu tempo ali tinha acabado. Passei as mãos no rosto para afastar o sono.

— O senhor já foi muito bom para mim, mas por acaso não teria uma navalha para me emprestar? Ninguém vai dar trabalho para alguém que parece um macaco.

— Mas de onde veio, ó gajo? Não te parece que estás a pedir demais? Devo ter uma velha, vou buscar, mas não que mereças. Depois, já sabes, tome teu rumo.

Apareceu com uma lâmina sem corte, enferrujada e pronta para jogar fora. Peguei água do poço e espalhei pelo rosto, com o resto de uma barra de sabão que encontrei largada no chão. Devagar, fui tirando fora os pelos. A navalha esfolou a pele, tinha sangue por toda a cara, mas nunca me senti tão limpo desde que desembarquei. Deixei a navalha ao lado do poço, vesti a camisa e fui procurar o matadouro. O português, pelo visto, tinha acordado fazia tempo: baldes de leite cheios, alinhados na frente da rua, as vacas comiam o capim da véspera no curral, os bezerros soltos no terreno. Saí sem me despedir e sem lhe agradecer.

Dava para sentir o cheiro de sangue pisado muito antes de ver o prédio do matadouro, uma construção de tijolos que se estendia depois dos trilhos e da estação que estava quase terminada — e que deve ter sido erguida justo para escoar a carne. Gente de macacão branco passava por mim apressada, e me surpreendi ao ver muitas meninas a caminho do trabalho, algumas bonitas. Depois de pular o canal vermelho de sangue e restos, que corria na direção do rio, perguntei a um sujeito mirrado onde eu poderia encontrar trabalho ali. Ele apontou para a porta de madeira, ao lado da entrada principal. Na parede, li a placa com as vagas em aberto. Um senhor bigodudo me atendeu. Sim, tinha muitas vagas, o matadouro mudou de dono, e os novos patrões queriam ampliar a produção. Perguntou o que eu sabia fazer, e respondi que aceitava qualquer trabalho. Pediu meu documento para abrir a ficha.

— Não tenho, fui roubado depois que desembarquei — disse.

— Pois, então, nada feito.

— Mas posso tirar. Preciso do trabalho.

— Rapaz, aqui temos regras, pensa que é carnaval? Vou te dar um trabalho provisório, e você tem um mês para aparecer aqui com sua carteira, a gripe levou metade dos empregados. Mas só posso te pagar metade do ordenado até você ter documento.

— E quanto é metade?

— Setenta réis a hora. Se quiser, é isso. Com os papéis, cento e trinta. Dez horas por dia, de segunda a sábado.

Aceitei. Não gostei de saber que uma hora de trabalho mal pagaria um copo de cachaça, mas era o que eu tinha para o momento. Depois trataria de procurar coisa melhor.

— Sei ler e escrever — ainda disse ao bigodudo antes de sair. — Posso ajudar no escritório, sou formado.

— Garoto, nem nossa língua você fala direito, como quer escrever? Não tem trabalho que exija escrita aqui, não. Siga pelo corredor e se apresente no almoxarifado, dê este papel ao encarregado, e ele te encaminha para o seu posto. Você começa hoje mesmo, mas o horário normal é às seis da manhã. Que dia da semana é melhor para você ver a história do documento?
— Amanhã?
— Amanhã é domingo, rapaz. De onde você apareceu?
— Segunda-feira, então?
— Segunda. Nem precisa aparecer aqui. Resolva logo isso. Mas na primeira semana vai receber o que combinamos. Na terça, às seis, então. Vamos fazer seu registro. Nome?
— Bernardo... Barrera — respondi. Tirei o Gutiérrez caso conferissem minha ficha na polícia. A essa altura, além de ser acusado de assassinato, também tinha a fuga de Santos na minha conta.
— Endereço?
— Não tenho, ainda. Vou precisar do dinheiro para alugar um quarto. Vivo na casa do Manoel Martins.
— O leiteiro? Duvido que o português seja seu amigo.
— Sou noivo da irmã dele — menti.
— Então o leiteiro tem uma irmã? E qual é o endereço?
— Não sei de cabeça. Vou perguntar a ele.

A paciência do sujeito não era grande coisa. Marcou algo como "sítio do leiteiro" no papel e me despachou para o almoxarifado com um alerta: se não arrumasse tudo na segunda, nem precisaria aparecer mais. Na ficha estava escrito meu nome — errado, Bernardo Barreira com "i" —, remuneração, a observação "documentos pendentes" e o meu novo emprego: magarefe. Não tinha ideia do que era aquilo. Recebi o macacão branco, o mesmo uniforme das pessoas com quem cruzei. Havia manchas de sangue mal lavadas. De trás do balcão de arame, indicaram para onde deveria ir e a quem me apresentar. Mandaram escolher uma marreta numa pilha alinhada na parede.

12

Eu segurava a marreta de madeira no fim do corredor estreito. Na minha frente, a porta de ferro rangeu ao abrir, e do fundo um bicho de quatrocentos quilos disparou na minha direção. Nas laterais, os colegas empurraram a trava de madeira, e o boi estancou com um uivo, a cara a meio metro da minha, a baba descendo pelos cantos da boca, o pescoço grosso se mexendo para os lados, os olhos tortos — eram dois idiotas apavorados. "Vai, galego", ouvia às minhas costas. "Vai, galego!", gritavam em coro. Joguei a marreta para trás e usei toda a minha força, mas o bicho se mexia tanto que só consegui quebrar seu corno. Foi só no terceiro golpe que acertei o meio da testa. Ele dobrou as patas e ficou meio tombado, escorado na cerca. "De novo, de novo, até matar!" Repeti as pancadas, com ódio e pena. Enfiaram um gancho no pescoço do boi e o levantaram, a cabeça tombada e a língua para fora. Fui resgatado pelo capataz, que me empurrou para o lado. O corpo pendurado, preso em um cabo, passou rente ao meu ombro.

— E aí, toureiro, amarelou? — gritou alguém, para a gargalhada da meia dúzia de testemunhas.

— O galego não encarou o touro à unha — disse um gaiato. — Logo se acostuma.

Passei horas no mesmo ritual. O boi no corredor, a marretada, o gancho. Estava exausto, o macacão espirrado de sangue e baba quando soou o apito. Quatro da tarde. Nunca antes, diante de um bife, passou pela minha cabeça que o boi precisava ser morto e retalhado antes de virar comida. Mas o nome entregava a razão daquilo tudo: matadouro. Segui com os outros para o trocador, ouvindo histórias do Natal. Faltava pouco, e todos ali faziam planos, os italianos mais animados que os brasileiros.

— E você, galego? Vai passar onde? — perguntou um sujeito narigudo, com pestanas que pareciam grandes demais para o tamanho dos olhos, sobrancelhas emendadas como se fossem uma taturana.

— Não sei, acabo de chegar. Sou Bernardo.
— Hagop — disse.
— Que nome é esse? De onde vem?
— Armênia. Minha família e eu chegamos ao Brasil tem três anos. Moro no bairro desde março.

Não tinha a menor ideia de onde ficava a Armênia. Que lugar era aquele? Hagop tinha a minha idade e chegou fugido, pelo que contou. Veio com a família inteira, pela Síria. Parecia contente com o Brasil. Trabalhava retalhando os bois, que seguiam assim para o comércio. "Mas não por muito tempo, vamos abrir um restaurante", garantiu. Segui Hagop até um amontoado de funcionários diante do açougueiro. Ele juntava pedaços de carne, que distribuía embrulhados em jornal: miolos, rins, coração, tripas… os italianos disputavam as pernas, o *ossobuco*. Saí do matadouro com o novo companheiro. Levava quatro rins e já imaginava o que fazer com eles. A gripe tinha chegado forte ali, disse Hagop, mas não se viam mais doentes havia dez dias, a vida ia voltando ao normal. Passamos diante da casa do português e seguimos para dentro do bairro, uma área que eu não conhecia. O rapaz parou numa venda. "Com o bucho que peguei, hoje minha mãe vai fazer um ensopado com batata e grão-de-bico." Ficamos na esquina em que íamos nos separar durante o tempo de um cigarro. Parecia um sujeito feliz, mas, se a alternativa que tinha era ser massacrado com a família em sua terra, qualquer outra estaria melhor para ele. Falou dos moradores do bairro, dos bares e das meninas do matadouro com sotaque esquisito. Antes de se despedir, perguntou se eu gostava de futebol. No dia seguinte, o time do lugar, o Clube Atlético, tinha jogo marcado, e o campo ficava perto dali.

— Eu jogava na Espanha. Sou canhoto.

— Acho que aqui vai ser difícil você jogar. Mas apareça lá, começa às onze. Depois do jogo vamos tomar cerveja. — Indicou como chegar ao campo e se foi, levando as vísceras para a mãe.

Caminhei devagar até a rua de Casto, queria dar os rins para Carmen. Na porta, não havia ninguém, e entrei no cortiço por um corredor estreito, com quartos dos dois lados, colados. Gente falando alto, crianças brincando de pega esbarravam em mim. No fundo do terreno, perto do banheiro, onde imaginei ser a casa do espanhol, bati palmas e chamei por ele. Apareceu uma moça miúda e magra, a cara redonda como a lua cheia, o nariz fininho no meio, toda vestida de preto. Segurava um menino pela mão.

— Olá. Casto saiu para comprar café. É só com ele? — disse, com o sotaque dos andaluzes.

— Vim trazer uma carne para vocês. Posso deixar? — E estendi a mão com o pacote úmido.

A mulher fez um carinho no garoto, que devia ter cinco ou seis anos, e entrou para chamar Carmen.

— E você, quem é? — perguntei ao menino.

— Eu? Eu sou o Salvador.

Caí na gargalhada, associando o menino mirrado com a conversa dos padres do seminário. Finalmente tinha encontrado o Salvador, e ele era um menino ranheta que morava no fundo de um cortiço do fim do mundo.

— E quem você vai salvar?

— É meu nome — disse, bravo. — Não vou salvar ninguém. — E correu para dentro atrás da mãe.

Esperei um instante, segurando o embrulho empapado ao lado do fogão a lenha. Pensei em deixar a carne e sair dali, mas os três apareceram de repente. Carmen me apresentou a Maria de la Paz. "É minha afilhada, a viúva." Veio com o casal para o Brasil. Pensei que o marido tivesse morrido de gripe, mas ela disse que não, já era doente na Espanha.

— E teve coragem de vir sozinha para cá? — perguntei. Ela abaixou a cabeça e não respondeu. Falou que ia limpar a carne e voltou para dentro da casa.

Casto não demorou a aparecer, com um pacote de café e pão doce. Agradeceu pela carne e pedi que me ajudasse a encontrar um lugar para ficar. Fomos juntos falar com o senhorio do cortiço. Sim, tinha um quarto vago, que custava quase tudo o que eu ia receber. Pediu o dinheiro adiantado, que eu não tinha, e Casto interveio: "Ele paga na semana que vem". Eu já tinha aprendido o significado da palavra "fiado", mas descobri outra parecida, "fiador". O espanhol seria responsável se eu não pagasse. Fechamos o acordo com uma expressão que me pareceu brasileira, "no fio do bigode", sem contrato, e fui conhecer minha nova morada. Não tinha janela, uma esteira fazia o lugar de cama. A água vinha do poço no terreiro, que achei perto demais da fossa da sentina. O banquinho de três pernas e o tampo sobre cavaletes formavam a mobília, deixada pelo antigo locatário. Imaginei que tivesse morrido de gripe. O quarto era bem pequeno, mas me pareceu um palácio. Só precisava mesmo de um canto para esticar as canelas. E tinha certeza que seria provisório.

Seguimos para a casa de Casto, e o menino apareceu, curioso. O filho de Maria era um *neno* magrelinho e vivaz. Perguntei se gostava de futebol e vi a cara compungida de Carmen. Ele mancava, um dos pés era torto. "De ver o jogo?", arrisquei, tentando dar jeito na situação que tinha criado. "Tem partida amanhã no campo do Atlético, quer ir comigo?"

— O *niño* é tinhoso, Bernardo. Tem de ficar de olho nele o tempo todo. De vez em quando desaparece daqui. Cansei de pegá-lo no barranco das linhas. Ele vai ser um estorvo para você.

— Eu cuido dele, não é, Salvador? — Ele me olhou com um sorriso maroto. Estava na cara que me daria trabalho. — Vou te chamar de Salva. *Estamos?*

Manco, como era, Salva não ia correr para muito longe, e era um jeito de me aproximar de Casto, ter alguém com quem contar. Se eu ganhasse a atenção do menino, conquistaria a família, imaginei. Não sei se foi a razão, mas me convidaram para jantar. A casa tinha quarto e cozinha, humilde, arrumada e limpa, os brinquedos de Salva — bolas de gude, pião e fieira, uma violinha — guardados numa caixa embaixo do guarda-comida, uma mesa coberta com uma toalha de crochê, a pia imaculada, um cesto com bananas e uvas. Tomamos vinho e comemos os rins com arroz e batatas.

— *Riñones al jerez* sem jerez — provocou Casto.

— E sem amêndoas — emendou Carmen, rindo.

Era minha primeira refeição decente no Brasil, a primeira família que me acolhia desde que entrei no internato. Tentei segurar o choro, mas meus olhos se encheram de lágrimas que desciam pelo rosto enquanto mastigava. Maria ria baixo, as mãos na frente do rosto. Fiquei com vergonha, mas não tinha como disfarçar. Fingi que não estava acontecendo nada.

— Mas está ruim assim? — perguntou Carmen, não sei se falando sério ou não.

— Lembrei de casa, desculpe. — E enxuguei o rosto com as costas da mão. — Posso trazer o que ganhar no matadouro para vocês todo dia, se quiserem. A verdade é que sua comida é muito boa.

— Não dá para dizer o mesmo do vinho — disse Casto. — Na Espanha, esse garrafão não serve nem para vinagre.

Rimos todos. O contrabandista, assassino, fugitivo e ladrão estava a gosto naquela casinha. Aingeru não dizia que íamos deixar tudo para trás? Ali era o Bernardo do matadouro, o galego que trouxe *riñones*. Não tinha de explicar nada e, se pedissem alguma explicação, bastava mentir, algo que eu sabia fazer bem.

— Casto, o senhor fuma? — Só faltava um cigarro para completar o jantar. Não tinha a menor vontade de levantar da cadeira, não fumava fazia muito tempo.

— Não, nunca gostei. Mas, se quiser, vamos à venda, pode ser que ainda esteja aberta.
— Não, não quero incomodar de jeito nenhum. Vou dormir na minha cama nova. Posso levar o menino amanhã?
Quando conheci os espanhóis, meu primeiro pensamento foi que poderia me aproveitar deles. Mas ali, na mesa, comecei a sentir vergonha da minha intenção. Como ser filho da puta com gente tão generosa?

O time era dominado pelos italianos. O goleiro, pelo que vi, mandava em todo mundo. Bem o que pega a bola com a mão. O campo era um charco, e o jogo, travado, sem graça. Gostei da camisa do time, azul e preta. Umas trinta pessoas assistiam à partida, meio espalhadas. Atrás de um gol funcionava a birosca, comprei uma gasosa para Salva e pedi uma pinga com limão e açúcar. O manquitola não se interessava pelo jogo, correu para todo lado — pedi para não ir até a rua, e ele obedeceu. Tudo parecia chamar sua atenção, acho que não saía muito de casa, ou pelo menos aquele campo era novidade para ele. Hagop apareceu e pediu uma Suprema, a cerveja veio fria como nunca tinha provado. Havia gelo abundante ali, o armênio contou. Desviavam do matadouro. Ele era conhecido e respondia aos cumprimentos com educação. "Meu tio vai abrir uma cutelaria, todo mundo quer trabalho lá." Sugeriu pedir umas sardinhas, mas o que chegou para nós era outro peixe. Não estava mau. Perguntei a Salva se tinha fome.
— Porra, galego, nem chegou e já arrumou um filho?
— Que não. O menino é filho da vizinha, não é, Salva?
— Essa criança não tem pai?
Salva não gostou do comentário. Chutou a canela do armênio com o pé ruim e correu para longe. Fui atrás e lhe disse para não dar atenção. Mas que não podia bater nas pessoas por qualquer coisa.
— O Hagop é um bobo, não sabe de nada, nem te conhece, Salva. — Mas o menino não parava de chorar.

— Todo mundo diz que não tenho pai. Você não quer ser meu pai?
— Como assim? Você tem pai. Ele morreu, mas ainda é seu pai. O meu também morreu. Mas não dá para achar outro na rua. Pai é pai. É um só, vivo ou morto. Não vou deixar mais falarem isso para você, combinado?

Não lembro quanto foi o jogo, acho que o Atlético perdeu. Os jogadores se espremeram na barra e começaram a beber. Prometi mais uma gasosa a Salva, sem saber se o dinheiro bastaria, e voltamos para o bar. Olhei feio para o armênio, que entendeu o recado. Passou a mão na cabeça do menino e pediu desculpas. O irmão de Hagop apareceu, cara fechada.

— Dirán, esse é o Bernardo, o galego que te falei.

Estendi a mão, que ele apertou com força.

— Meu irmão disse que você joga futebol.
— Jogava na Galícia. Ponta-esquerda.

Dirán contou que o Atlético tinha um time de aspirantes, eu poderia tentar uma vaga. Treinavam sábado à tarde e jogavam a preliminar aos domingos. Bem que eu gostaria, seria divertido, disse, mas não tinha tempo, trabalhava no dia do treino. Um sujeito calvo, ainda jovem, sentou-se no banco vazio ao meu lado. "Vai, turco, paga uma cerveja. Não jogou nada hoje, parecia uma toupeira no campo." Era um dos italianos. O zagueiro olhou para ele de cima a baixo e disse que não aceitaria desaforo de carcamano. O careca foi ao balcão, voltou com a cerveja e encheu o copo de Dirán. "Semana que vem vai ser melhor." O armênio devolveu o copo com um palavrão. Achei melhor tirar Salva dali. Hagop seguiu comigo na direção da rua, as vozes subindo atrás de nós. A história acabaria em pancada.

— Galego, vou tirar meu irmão da confusão, leve o garoto embora. Depois do almoço vamos tomar uma cerveja naquela venda em que comprei o grão-de-bico. Apareça lá, vamos encher a cara.

Salva queria soltar minha mão a toda hora. Menino inquieto, tocava em tudo, via de perto, cheirava. Pediu pão doce, bala, pirulito. Eu quase não tinha dinheiro comigo, metade das moedas que sobraram ficou no quarto, mas dei a ele uma maria-mole e comprei um pão e um pedaço de mortadela para mim no bar da esquina. Era a primeira vez na vida que me via sozinho com uma criança e não tinha a mais vaga ideia de como lidar com ela. Pediu para brincar, apostar corrida, ir até o córrego. Neguei tudo, queria devolvê-lo logo à família. "Você não quer ser meu pai?", perguntou, quando estávamos entrando na casa. "Não, Salva, sou seu amigo." Ele não pareceu convencido: "Meus amigos são do meu tamanho. Meu tio, então?". A garotada estava na porta do cortiço, e ele pediu para ficar por ali. Não deixei. Entramos e o entreguei a Casto.

— Deu trabalho, o pestinha?
— Não, dom Casto. É um bom menino, não é, Salva?

O garoto correu para a rua atrás dos amigos, pedi licença e me recolhi ao quarto e seu cheiro de mofo. Se o dinheiro desse, compraria roupa nova com o primeiro salário. Ia atrás dos documentos no dia seguinte, precisava descobrir onde tirá-los. Meu novo bairro estava cheio de imigrantes. Brasileiros mesmo, só vi no matadouro e atrás do balcão da birosca. Como funcionaria um país sem nacionais como o Brasil? O que ia virar no futuro, quando italianos, armênios, portugueses e espanhóis tivessem filhos e esses filhos mandassem na justiça e na política, virassem delegados de polícia, controlassem a alfândega, fossem eleitos? Nada de bom, imaginei. Pelo ódio que vi no campo de futebol, um bando mataria o outro se pudesse. E ainda tinha os pretos, os brasileiros pobres e até os índios. Estavam no fim da fila. Os poucos que vi trabalhavam pesado. Não sabia onde moravam, mas no cortiço, que era uma pocilga, não tinha nenhum, então deveriam viver bem pior do que eu. Os ricos que erguiam São Paulo seguramente eram gente antiga da terra, fazendeiros. Tudo ali girava em torno do café, eu pensava, e o dinheiro estava no interior. O que parecia estranho era a Cidade — como todos os que conheci chamavam o centro de São Paulo — estar bem naquele lugar, longe do porto e das plantações. Talvez por causa da serra, ou porque Santos era uma ilha e não podia crescer. Ou pelos rios. Pensei em usar os próximos domingos para conhecer São Paulo. Voltar ao centro, rever dom Ernesto no Ipiranga, encontrar um lugar melhor e um trabalho menos sujo, mas só quando a gripe já tivesse mesmo ido embora de vez.

Dia acabando, saí de casa, vi Casto sentado em um tamborete perto do fogão e lembrei do meu pai. Fiz um sinal com a mão para ele e disse que ia até a venda do Sarkis. "Quer alguma coisa de lá?" Não, ele não queria. Sabia que eu não tinha dinheiro para comprar nada que precisasse.

— O que você vai fazer na rua dos turcos?
— Tem um rapaz do matadouro, vou tomar uma cerveja.
— Olha lá, que eles são fechados feito os bascos. Vivem para as coisas deles.
— Só vou tomar uma cerveja, dom Casto. Hoje no campo vi que são metidos a brigões. Saí logo com o Salvador porque fiquei preocupado com o menino, mas minha vontade era me juntar a eles e dar um tranco nos italianos. Eles querem mandar em tudo, se acham melhores que os outros. E o time também é deles, pelo que entendi.
— Não se meta com eles, o que mais tem aqui é italiano atrás de confusão e de briga — disse Casto. — E eles são unidos como o quê. E os armênios também não são boa bisca, só querem saber de dinheiro.
— Ué, mas não é para isso que servimos, para ganhar dinheiro? — disse, antes de seguir para o bar. Casto balançou a cabeça em reprovação.

Dirán estava com o rosto vermelho, as mãos inchadas e machucadas. Hagop tinha um olho roxo e um corte na boca. O futebol acabou em briga, como imaginava. A venda estava cheia, a cerveja e a cachaça corriam pelos copos. Era o único não armênio ali, mas fui bem recebido, apresentado como "o galego do matadouro". Havia umas mesas entre a sacaria de cereais, um balcão grande de madeira escura no fundo. Não era bem um bar, parecia um armazém em que as pessoas podiam beber. Os mais velhos jogavam dominó e falavam na língua deles.

— Não entendi por que a briga começou — disse a Hagop.
— Você não viu que ele chamou meu irmão de turco?
— Sim, mas...
— Turco é a puta que pariu a Itália, galego. Nós somos armênios, os turcos são nossos inimigos. Mataram nossa gente, quiseram acabar com a nossa raça. Por que acha que estamos nesta merda? Nosso país não existe mais, virou parte da Turquia, aí vem o filho da puta e chama de turco?
— Me falaram que aqui era a rua dos turcos.
— Porra, quer sair daqui corrido? Não sei de onde veio isso. Libanês, sírio, armênio é tudo turco para os brasileiros, não sabem de um caralho — disse Dirán, o sotaque estranho, forçando os erres e estendendo as vogais. — *Carralio* — soava.

Meu dinheiro dava para uma garrafa de cerveja, mas com ele enchi muitos copos e bebi mais duas ou três rodadas com os irmãos. Os armênios estavam se dando bem no Brasil, disseram. Os mais antigos faziam dinheiro no comércio e tinham até uma associação, que comprou os lotes para revender aos patrícios que chegavam. Queriam erguer uma igreja da religião deles ali perto. Eram católicos também, mas não como os espanhóis. Falaram que não seguiam o papa, que o cristianismo deles era mais antigo que o nosso. Depois da *tontería* da Turquia, resolvi me calar. Que ficassem lá com o Cristo deles, não me interessava.

Deviam ser umas cinco da tarde, saí pela rua para conhecer o bairro, subindo a rua dos turcos, ou Victor Meirelles, como li na placa. Cheguei a um descampado, perto da várzea de um grande rio, correndo em serpentina, o Tietê. Ele cortava a cidade, mas corria para dentro, não para o mar, como todos os que eu conhecia. Perto dele, para o lado dos trilhos, vi muitos armazéns de café. Pensei que o rio estava cheio do sangue dos bois, e isso me deu asco, eu é que nunca mergulharia ali. Não mergulharia em rio nenhum, não sei nadar.

Estava anoitecendo, sentei numa pedra e fiquei vendo o sol baixar. Já tinha lugar para dormir, uns amigos estranhos, trabalho e até a promessa de jogar futebol. Tudo se acertou em três dias. Por que então eu estava naquela tristeza?

Meses atrás acordava nos braços de Amália e, na hora, resolvi mudar os pensamentos. Vivia demais de um passado perdido. Em Vigo, sempre achava que me daria bem em qualquer lugar, e nesse momento aquele mundo fazia falta. Mas precisava cuidar do amanhã, dobrar logo o ordenado. O dobro de nada é nada, mas já era mais do que eu tinha. E, assim que pudesse, arrumar um ofício menos pesado, ganhar dinheiro fácil. Voltei para casa pensando em guardar tudo o que conseguisse pela primeira vez na vida, comprar o bilhete no vapor que me aceitasse e voltar para a Espanha. Tinha prometido à oliveira, não? Meu lugar não era no Brasil.

13

Peguei o trem para ir atrás do documento. Casto me orientou a descer na Lapa. Achei que seria difícil encontrar o endereço, quanto mais conseguir um registro, mas, quando cheguei no cartório, o funcionário nem perguntou por que eu não tinha papéis — deixando sem resposta todas as desculpas que havia inventado no caminho. Queria saber há quanto tempo estava no Brasil. Um ano. Nome? Bernardo Barrera. Procedência? Espanha. Nome dos pais: Bernardo e Anxela Barrera. Data de nascimento: 10 de agosto de 1899. Saí de lá com uma moeda para pegar o trem de volta e um "i" acrescentado ao sobrenome: Barreira de novo. Mas agora era oficial, escrito à mão por uma besta no meu único documento. O rapaz disse que eu precisava registrar a certidão na Hospedaria dos Imigrantes e escreveu o endereço a lápis nas costas da folha. "Mas está fechada por causa da espanhola", avisou. "Vá até lá quando abrir, que essa certidão é provisória." Minha mãe virou Ângela no papel — o notário me transformou em outra pessoa.

Precisava conseguir dinheiro emprestado com alguém para passar a semana, mas deixei o problema para resolver na volta. A Lapa era grande e mais ajeitada que meu bairro, com o entroncamento de duas linhas de trem, comércio e até um banco. Na direção do rio, pude ver fábricas, muitas em construção. Para o alto, pareciam sítios, terrenos grandes e bonitos com plantações. Fui para lá, na esperança de achar algo para comer. Consegui uns tomates verdes, que devorei na sombra de uma árvore grande. Guardei dois no bolso da calça para mais tarde. Era bonita, a Lapa. As ruas tinham nomes romanos, os italianos também mandavam ali. Até um bonde passou por mim numa rua larga, na saída da estação. Resolvi seguir seus trilhos, até chegar a uma praça imensa.

"Parque Antarctica", dizia a placa em arco. Todo cercado, lago, coreto e campo de futebol gramado, com arquibancada. O lugar era bem cuidado, mas estava fechado. Fiquei espiando pelas frestas do muro alto. Perguntei ao porteiro por que não podia entrar. "É segunda-feira, o dia da semana que fecha. Volte amanhã que está aberto. Aqui é propriedade privada, é da companhia de cerveja." Falamos do campo de futebol, ele também gostava do jogo. Dois times dividiam o lugar. O América e o Palestra Itália, com horários diferentes de partidas e treinos. "Os italianos são os donos da bola no Brasil", pensei. "Foda-se o futebol." Pedi uma orientação sobre a estação mais próxima. O rapaz indicou o caminho da Barra Funda. Encontrei uma banca e li a primeira página do jornal que estava exposto. A gripe ainda estava em pauta, mas as notícias diziam que estava diminuindo, a vida ia voltando ao normal. A guerra tinha acabado, e os alemães perderam, para minha surpresa. Americanos, ingleses e franceses discutiam o que fariam com os derrotados; a França já tinha comido um naco do mapa da Alemanha.

Uma hora depois estava de volta a Osasco, o dia acabando. Comi os tomates guardados na viagem. De noite, com fome, tive dor de barriga, sentia todas as minhas tripas repuxadas dentro do corpo. O banheiro era longe, e eu não tinha vela no quarto. Acendi um fósforo para achar o caminho. Nunca vi tanto sapo junto. Aquele bicho nojento e pegajoso que podia pular em você por nada. O estômago embrulhou de vez. Fiquei a noite toda no banheiro, alternando o vômito com a caganeira, merda de tomate verde. Suava frio, com medo de desmaiar e cair no meio da sujeira, era minha única camisa. Demorou até conseguir voltar para a esteira.

De manhã, entreguei o documento no matadouro. Na semana seguinte, o funcionário Barreira ganharia o dobro do salário, teria dinheiro para jogar e beber: minha vida voltaria ao que estava acostumado, com alguma sorte. No fim da jornada, encontrei Hagop. "Que pedaço de carne será que vamos ganhar hoje?", perguntei. "Nenhum", ele disse. Os restos só eram distribuídos no sábado. Para o matadouro, custava mais caro guardá-los do que dar aos empregados, mas você podia comprar o corte que quisesse, mais barato, na saída do turno, e descontar do salário. Passei a semana dando marretadas e fazendo planos para gastar o ordenado. Precisava de ceroulas, camisa, calça, toalha de banho, talvez um lençol, sabão, um barbeiro, pente para quando o cabelo crescesse, perfume, um fogareiro a querosene...

Vi Casto chegando ao cortiço quando voltei do trabalho. Contei a novidade e pedi algum emprestado. "Pago na sexta, prometo." O espanhol me adiantou uns tostões.

— O que vai fazer com o dinheiro? — disse Casto.

— Comprar tecido. Conhece alguma costureira ou alfaiate?

Carmen tinha uma máquina no quarto. "Posso pagar...", arrisquei, mas Casto abanou as mãos e disse que não precisava.

— Insisto. Posso esperar, não tenho pressa. No fim de semana eu vejo isso — disse. Tentei devolver o dinheiro, ofereci a aliança roubada.

— Que não. Pague quando receber. Compre comida que você parece uma vara de tão magro. E guarde essa aliança para quando precisar.

Entramos juntos, e o espanhol me ofereceu um copo de vinho. Pedi desculpas por não poder ajudar com comida, e ele não me convidou para jantar. Sugeri que ficasse com o dinheiro, Carmen ou Maria poderiam comprar o tecido que quisessem, eu não saberia escolher melhor que elas. "Vamos dar umas roupas de presente de Natal para você, guarde as moedas", disse Casto. Agradeci, acabei aquele vinho ruim e ganhei a rua. Fui para os lados dos turcos, quem sabe encontraria Hagop e um copo de cerveja. O calor estava furioso. Os armênios estavam bebendo na venda. Hagop e Dirán me saudaram quando cheguei e ofereceram um copo. Contei do meu passeio pela Lapa para tirar o documento, da caminhada até a Barra Funda, do Parque Antarctica. E lembrei do estranhamento com os nomes de São Paulo: Piaçaguera, Anhangabaú, Turiaçu, Tietê. De onde vinham, tão difíceis de falar em qualquer língua? "Dos índios", explicaram. "São Paulo, quarenta anos antes, era uma aldeia", exagerou Hagop. As palavras dos índios ainda eram usadas na cidade, misturadas com o português. "São Paulo só cresceu por causa do café, e logo vai ter mais gente aqui do que na capital federal", falou Dirán. Era mesmo uma metrópole, crescia com a chegada de gente de fora e com o dinheiro das plantações. Os fazendeiros, sim, eram brasileiros, mas a nova indústria, disseram os irmãos, estava na mão de imigrantes — de gente de fora que chegava para fazer o país.

— O matadouro agora é dos americanos, essa gente não põe dinheiro onde não possa tirar muito mais depois — disse Dirán. — O Brasil vai ser muito rico, galego. E nós também. A guerra acabou, a gripe foi embora, as coisas estão voltando ao normal.

— É, enquanto isso, eu e seu irmão ficamos lá, na sangueira dos bois — ri.

— Tem sua graça — devolveu Hagop. — Na quarta-feira não vamos trabalhar, é Natal.

Atinei que 1918 estava acabando. Perdi o jeito de marcar o tempo, não lembrava direito nem em que mês estava e também não tinha muitos Natais para me recordar. O nascimento de Jesus dizia pouco para mim. Sem fé, não tinha o que celebrar. No orfanato, era sempre igual — a missa, a apresentação de música, o almoço um pouco melhor. No meu último ano de Espanha, na rua da Ferrería, estava no meio de putas, marinheiros e pescadores, alegre e bêbado. Agora, era só eu.

Mas todo dezembro, com festa, missa ou nada, o Natal sempre foi triste para mim.

— É bom o Dia dos Reis Magos, para ganhar presente — arrisquei.

Os dois me olharam com espanto, queriam saber se eu era mesmo cristão. Menti.

Estava cada vez mais enojado com a matança e mal tinha começado a trabalhar ali. O barulho dos ossos quebrando, o sangue que escorria pela canaleta, os pedaços de miolo que grudavam na marreta. Que vida era aquela? Quando o dia acabou, me senti aliviado por não ter de encarar a rotina no dia seguinte. Fomos chamados na expedição, e cada um saiu de lá com um naco de carne embrulhado em papel marrom, presente do Frigorífico Wilson & Company, como aparecia no carimbo — a única vantagem de trabalhar ali, ter carne na mesa.

Segui reto para o cortiço e chamei por Casto. Salva saiu correndo da casa e me puxou pelas calças. Perguntou se tinha algum doce. Sempre que lembrava, comprava alguma coisa para ele com o troco do bar, mas não daquela vez. Maria veio logo atrás e dei a ela o pacote. "Para o almoço de Natal", disse. Mandou o menino ir brincar com os amigos e me convidou para entrar. Perguntei por Casto, e falou que tinha ido à Missa do Galo com Carmen, numa igreja na Vila dos Remédios. "Vão demorar." Fiquei constrangido ali, sozinho com ela. Pedi licença e fui ao poço.

Todas as tardes me lavava para tirar o fedor de sangue seco. Havia um chuveiro no banheiro do cortiço, sempre ocupado, e me acostumei a tomar banho com a água do poço. Levei o balde para trás das bananeiras, tirei a roupa e me ensaboei, a água gelada arrepiando o corpo. Maria me espiava, perto. O que queria a mulher? Fingi que não a vi, me enrolei na toalha, recolhi as roupas e fui para o quarto, ainda molhado. Maria me seguiu e bateu de leve na porta, entrou decidida. Deixei a toalha cair e fiquei olhando para ela.

Sem dizer palavra, Maria se deitou na esteira, levantou a saia e abriu as pernas. Queria aquilo tanto quanto eu. Não era virgem, sabia como o amor era bom, precisava dele. Olhei para os seus pelos, para as suas coxas. Ficou parada e me abraçou quando deitei em cima dela. Não gemia, só arfava, arranhando minhas costas. Lembrei de Amália — de como gostava de sexo, de como me excitava com suas palavras, de como se mexia na cama. Quando terminei, ela não me deixou sair de cima, me apertava com os braços e as pernas. Ficamos assim por um bom tempo, mais do que eu gostaria, até que olhou para mim de um jeito triste, me empurrou para o lado e encostou a cabeça no meu peito. Passei a mão no seu rosto e beijei sua testa, os dois em silêncio. Ela não tentou explicar, e eu tampouco, aquele encontro sem sentido de dois solitários.

Ela se levantou, deu uma desculpa qualquer e saiu sem olhar para trás, alisando o vestido com as mãos. Dormi até tarde e fui acordado com batidas na porta, Casto estava do lado de fora. Veio à minha cabeça que ia tomar satisfações pelo que fiz à afilhada, mas só queria agradecer pela carne. E me convidou para o almoço de Natal. A comida seria bem melhor por minha causa, ele disse. Não ia deixar que passasse o Natal sem ninguém. Eu estava constrangido, não parecia boa ideia, mas aceitei. Era melhor do que ficar sozinho e com fome.

Durante a refeição, o casal elogiava Maria. Que grande dona de casa era ela, dizia Carmen. Sabia costurar, fazer crochê, cozinhava os melhores pratos andaluzes, educava Salva com firmeza. Uma mulher tão jovem e bonita sozinha naquela terra distante, reforçava Casto. Maria ouvia a tudo olhando para o prato, tímida, com o sorriso fino no canto da boca. Casto falou de como fora educada em colégio de freiras antes de vir ao Brasil, de sua família espanhola, muito respeitada em Granada. Maria, para mim, era só aquilo que eu via ali: mãe solteira, dependente do casal, sem trabalho. Não passava pela minha cabeça que pudessem imaginar para ela um marido pior do que eu.

Maria levantou-se e voltou para a mesa com uma bandeja de *mantecados*. Desculpou-se por não usar manteiga de porco, mas ali ninguém se importou. Os biscoitos tinham o gosto da terra distante. Passamos um bom tempo comendo devagar, apreciando o sabor que ia além da canela e da farinha bem assada, sorrindo satisfeitos um para o outro. Carmen trouxe o café, e enrolei o cigarro. Havia uma sensação de tranquilidade, de harmonia totalmente nova e estranha para mim. Salva passava o dedo no prato para recolher as migalhas. Maria saiu outra vez e, quando retornou, trazia algo embrulhado em papel ordinário.

— É para você — disse. Desembrulhei e descobri uma camisa branca de algodão, um dos botões diferente dos outros. — Era para o Dia dos Reis Magos. Mas acho que você precisa de uma camisa nova logo, não é?

— Muito obrigado, Maria. Eu não tenho nada para vocês, mas vou te dar um presente no Dia dos Reis Magos. — E pisquei para Salva. — Deu tempo de comprar o tecido?

— Usei o que tinha em casa. Quando comprar, faço mais. Vi que você só tem uma camisa. — Fez uma pausa e suspirou. — Espero que goste.

Convidei a família para um passeio pelo bairro, pedi que me ensinassem um pouco da vizinhança. Casto e Carmen preferiram ficar. Iam fazer a sesta. Mas poderia dar uma volta com Maria e Salva, sugeriu Carmen. Faria bem a todos. Saímos na direção do rio, e Salva não parava de falar, identificava os passarinhos e imitava seus cantos. Maria ensaiou um olhar de desaprovação, acho que queria ficar sozinha comigo, mas incentivei o menino, que nos acompanhou arrastando o pé ruim, chutando pedras. Caminhamos quietos. Por vezes, Salva pegava a mão da mãe e a beijava, mas na maior parte do tempo estava mexendo em coisas que encontrava na rua — tampinhas, cacos de vidro, maços de cigarro vazios, pedras.

Eu queria falar do nosso encontro na véspera. Dei a moeda que levava no bolso a Salva e disse para comprar uma gasosa no bar. Como mulheres não eram bem-vindas, ficaria com Maria na calçada. Ela não quis muita conversa. Disse que se sentia muito só e gostava de mim, que a coragem venceu o medo quando bateu na minha porta. Desde que chegou ao Brasil, contou, os amigos eram os mesmos dos padrinhos: gente boa, porém aborrecida e mais velha. As amigas de sua idade estavam casadas, cuidando dos filhos. Saía pouco por causa de Salva, ajudava Carmen com as coisas da casa, ia à missa no domingo quando podia — a igreja era longe, disse. Suas respostas eram curtas, como se quisesse se livrar das palavras. E desviou do assunto sobre seu passado espanhol. Quando falei do marido morto, só abanou a cabeça. "Morreu na Espanha", disse.

— Salva nasceu aqui, não é?
— Sim, meses depois que cheguei.
— E por que não esperou o menino nascer na Espanha?
— Porque Casto e Carmen queriam que eu viesse com eles e já tinham os bilhetes.

A história era mal contada, e Maria estava embaraçada. Resolvi não insistir. Por que viajar grávida senão para fugir da vergonha? E os pais, não se opuseram à mudança? Se a família era bem conhecida em Granada, por que não ficaram ao lado da filha viúva? As chances de arrumar um novo marido por lá seriam bem maiores do que aqui. Parecia outro conto, parecido com a história de Amália. Só que, no lugar de virar puta, Maria escolheu sair do país, recomeçar a vida longe, manter a dignidade, mesmo mentirosa.

Nosso encontro me deixou feliz, falei para ela, mas em respeito a Casto e Carmen o melhor seria esquecê-lo. Ficaria mal com eles, que tanto me ajudaram na hora em que mais precisei. Não poderia seguir com aquilo. Não era o homem que ela precisava, não sabia o que seria do amanhã e não pretendia ficar no matadouro e talvez nem no bairro, pensava em viver na Cidade, arrumar trabalho no comércio — na verdade, pensava em me arranjar com *trampas*, mas isso não disse para ela. Maria ouviu quieta, sem se emocionar. Virou o pescoço e puxou o meu olhar para o bar, Salva estava voltando. "É você quem sabe", disse, e fechou a cara.

O menino queria ir até a beira do rio. Mal chegamos, Salva correu para a beira enquanto a mãe mandava que não entrasse na água. Chorava desesperada, os braços estendidos como se o filho marchasse para a morte. O lugar era pantanoso, parecia mesmo um pouco perigoso para o garoto, mas não justificava tanto medo. Ele deu meia-volta, bravo, com lama até os joelhos. Maria ralhou com Salva aos berros. Disse que teria que passar a tarde no tanque para limpar as calças, que ele pegaria tifo, e deu-lhe um tapa forte no braço. Foi a primeira vez que a vi perder a compostura. Tentei acalmar os dois.

— É uma criança, Maria. Criança faz isso, mas tem de obedecer à mãe, não é, Salva? — E pisquei para o menino. Ela não gostou.

— É meu filho, e dele cuido eu.

Botei Salva nos ombros e cheguei em casa com a camisa nova cheia de barro. Maria me pediu que a tirasse e a levou com as roupas da criança para o tanque.

14

As visitas ao meu quarto, que eu havia pedido a ela para evitar, se tornaram frequentes. Casto e Carmen saíam por qualquer desculpa. Assim que Salva se juntava aos amigos encardidos, Maria batia a porta atrás dela, tirava a roupa e se deitava na esteira. Ensinei os truques de cama que sabia, e ela não teve medo de provar. Quando acabava, recolhia suas coisas, se vestia com pressa e saía, culpada ou envergonhada. Eu não sabia nada de Maria além do que acontecia ali, naquele cortiço. Pequena, magra, olhos pretos e tristes. Não era fogosa, gostava do sexo, e para mim já estava bom. Dizia-se viúva, tinha um filho manco, poucas amigas. Não trabalhava, dependia daquele casal. O que Casto e Carmen eram de Maria de verdade? Agiam como se fossem pais, não padrinhos. Eu nem lembrava mais dos meus, não sabia como pais se comportavam. E não queria filhos, *líos,* nada que me prendesse. E dizia isso a ela quando podia. *Hoy por hoy*, eu deveria ter evitado os encontros depois da primeira vez, me arriscava a cada vez que ficava trancado com ela. Salva se apegava mais e mais a mim. Notava o interesse dos padrinhos para que eu namorasse Maria. Seria uma forma de dar dignidade à viúva — e não que ela precisasse disso. Só queria um marido para ocupar o lugar de Casto e Carmen no sustento dela e do filho, e de um homem para dormir em sua cama. Era justo. Sempre foi carinhosa comigo, mas nada que me segurasse. Não sentia por ela a mesma coisa que por Amália. Havia afeto, isso, sim. Mas não amor verdadeiro, se isso quisesse dizer alguma coisa.

Eu gostava mesmo era de andar pelos bares. Tinha encontrado outros galegos no bairro com seus baralhos. Os armênios Hagop e Dirán eram bons amigos de copo, mesmo sendo de outra colônia. Até tentei uma vaga no Atlético, o escrete dos italianos. Quem mandava era um tal Colido. Tinha copiado o uniforme da Internazionale de Milão, disseram os armênios, e só os amigos dele entravam no time — a mãe costurou o fardamento e bordou a bandeira do clube. Mas como nem todo *carcamano* sabe jogar bola, ainda que pense que saiba, sobravam umas vagas de vez em quando. Pedi para jogar de *full back,* fulbeque, defesa pela esquerda. Sabia, de ver os jogos do *sport* e dos aspirantes, que o ataque tinha dono. Nem brasileiro jogava por ali, só os *oriundi*, como se tratavam entre eles.

Fui chamado em alguns domingos, a sede do clube ficava na minha rua, e, no bar ao lado, uma lousa registrava os próximos *matchs* — como eles escreviam — e a escalação dos dois quadros. Sempre tomava a última lá antes de entrar em casa e cavei um lugar nos aspirantes. Não era nada parecido com o futebol na Galícia, onde jogava com ingleses e alemães. Falava-se pouco, ninguém reclamava, e todos sabiam onde ficar em campo. No Atlético, todo mundo corria na mesma direção, e você apanhava desde a primeira vez em que tocava na bola — e nem sempre tinha juiz. Lá, os ingleses tratavam o futebol como "jogo de cavalheiros"; aqui, o que mais ouvia é que era "jogo para homem". Fui me acostumando. De vez em quando, arriscava uns chutes fortes de longe e calhava que alguns entravam no gol. Mas, sempre que o goleiro pegava ou quando ia para fora, eu tinha de ouvir a conversa dos *fratelli* na orelha. Reclamavam de tudo, todos queriam a bola ao mesmo tempo. Não gostava do time, mas sempre aparecia quando convocado. Saía de lá esfolado, com as pernas roxas, lama dentro do nariz, as orelhas quentes com as queixas dos italianos, exausto e feliz. Futebol era bom.

— • —

O bairro ia se enchendo de gente. Os armênios cortavam o retângulo no meio com a rua deles. Os italianos ficavam mais perto do pontilhão, no caminho para a estação de Osasco e da cerâmica. Perto do centrinho moravam os russos, os alemães e os polacos. A espanholada se arrumava pelos lados do barranco dos trilhos. Perto da estação em obras viviam alguns japoneses. O restante era português. Para os lados do rio começaram a chegar uns brasileiros diferentes, os nortistas, como eram chamados pelos imigrantes. Eram ainda mais pobres do que nós, falavam português de um jeito diferente. Também gostavam do futebol, abriram bares que só eles frequentavam e criavam bodes em cercados.

Não seria surpresa se a Grande Guerra recomeçasse ali, no meio daquela mistura de povos tão estranhos, mas havia um ambiente de camaradagem. É natural, as pessoas se juntavam aos seus iguais, mas vi surgirem amizades entre gente de colônias diferentes. Maria tinha amigas armênias, os italianos e os russos jogavam no mesmo time. Só mesmo os japoneses ficavam de fora, demoravam a entender o português, viviam fechados e eram poucos. Eu mesmo fui experimentar a comida dos nortistas, convidado pelo pessoal do matadouro. Comi uns miúdos de bode — tão ruins que prometi nunca mais provar. Mas também descobri uma raiz deliciosa que eles chamavam de macaxeira. Frita na banha, com sal e pimenta, era a melhor comida para acompanhar a cerveja. E não tinham medo de encarar os italianos ou qualquer um nas brigas. Eles se tratavam por valentes, chamavam os outros de cabras, e acabei me afeiçoando a eles.

Seguia martelando os bois, mas agora também trabalhava no corte. Separava traseiros e dianteiros, guardava os miúdos e contava com a promessa de ser promovido para o escritório, numa vaga na Tesouraria — tudo o que eu queria, trabalho limpo. Do meu lado ficava o asturiano Ramón, dono de um bigode maior que a cara. Um sujeito caladão,

uns dez anos mais velho, que passava o dia inteiro com uma faca afiada de meio metro — ninguém se metia com ele.
— Bernardo, vamos no bar do Todé hoje à noite. Estão chamando o pessoal do matadouro para uma conversa.
— Que conversa? Vai ter bebida?
— Cachaça sempre tem.
Achei o convite fora de hora. Mal falava com ele, mas tinha por princípio nunca dispensar bebida grátis. O bar ficava no começo da rua do cortiço, no caminho de casa, não custava passar lá. Ramón era um sujeito que ninguém conhecia bem. Estava sempre lendo enquanto esvaziava a marmita, conversava com todo mundo e não tinha amigos no matadouro, falava um português miserável. Nunca o via nos bares durante a semana e nos domingos aparecia só para tomar café. Hagop nem pensou em dar as caras. "Tenho mais o que fazer, vou cuidar de coisas em casa e não gosto dessa gente." Mas não falou de que gente. Éramos uns quinze, espanhóis e italianos, mas o lugar era pequeno e estava cheio. Ramón pediu a atenção de todos e apresentou um amigo que não era do bairro.
— Camaradas, meu nome é Edgard. Ramón me convidou para conversar com vocês sobre a greve do ano passado, do que fizemos e do que conquistamos. Saí da cadeia há pouco tempo, disseram que liderei o movimento porque trabalho no jornal *A Plebe,* que apoiou os grevistas. Mas não fui nem processado nem condenado, e tiveram de me soltar. Nós ganhamos aumento de salário, jornada inglesa e, principalmente, direito de associação. E sabem por quê? Porque os operários se organizam no sindicato. E, pelas notícias que temos, o matadouro foi vendido para uma grande empresa dos Estados Unidos, a Wilson & Company, que é muito poderosa. E esse bairro em que vocês moram, sabem como vai se chamar? Presidente Altino, homenagem ao político que desceu o sarrafo nos operários no ano passado. Temos de criar um sindicato, uma organização que una os proletários do matadouro. Somos muitos, somos fortes. A hora é agora, o custo de vida está subindo, e ninguém nos dará nada de graça.

A plateia gostou do discurso — e eu entendi por que meu amigo armênio não se interessou em aparecer. A conversa do homem impressionou a audiência. Copos de cachaça e "vivas!" circulavam pelo bar, espanhóis e italianos se abraçavam. Ramón se aproximou e perguntou o que eu tinha achado. Não me entusiasmou muito, para dizer a verdade. Se me engajasse em criar um sindicato, perderia um bom tempo da vida metido em reuniões e ainda seria marcado pela polícia. E não podia correr o risco de voltar para a cadeia, nem podia pensar nisso. Queria ficar longe de problemas, e me meter com política estava fora de cogitação.

— *Home*, pode contar comigo se vier uma greve, mas não vou participar disso. E o que é jornada inglesa?

— Ah, é trabalhar menos. Sair do matadouro todo sábado na hora do almoço.

— Aí gostei.

— Então, vamos fazer esse sindicato? Você gosta de ler? Vou te emprestar uns livros.

Agradeci, tomei mais uma dose e saí logo dali. Então também existiam anarquistas no Brasil? Em Vigo eram muitos. Lembro de Ricardo Mella, um incendiário que virou diretor da companhia de bondes. Imaginava que os sindicalistas queriam a mesma coisa, salário justo, trabalhar menos e uma vida tranquila, ainda que duvidasse que Ramón e seus amigos chegassem à velhice — a polícia os mataria antes. A tal jornada inglesa era tudo o que precisava, poderia treinar no sábado depois da comida. E seria bom ganhar um pouco melhor, guardar dinheiro mais depressa para a viagem e ir embora quando tudo voltasse ao normal. Apostava que em Vigo todos os meus inimigos estivessem mortos pela gripe — e meus poucos amigos também. O que teria acontecido por lá?

Uma semana depois, não encontrei Ramón no matadouro. "Demitido", disseram. Havia um espião no bar, que entregou os participantes da reunião, dizia a conversa que corria no almoço. Esperei a hora de perder o emprego, mas não fui chamado pelos gerentes. Talvez o espião não fosse tão bom assim, talvez nem existisse. Na saída, o asturiano e alguns companheiros esperavam os trabalhadores do turno perto da estação. Ele distribuía fichas para a formação do sindicato. Assinei, que me despedissem. Algo melhor que aquela sangueira eu haveria de conseguir. Falei para o asturiano que ele era um imbecil, passaria necessidade por nada. Ramón disse para não me preocupar. Agora ele podia se dedicar à política e à leitura. Seus amigos do Brás e da Mooca tinham um fundo de greve, e ele recebia ajuda para a comida e o aluguel. Talvez se mudasse para o centro, para um apartamento dividido com outros anarquistas. Pedi que falasse do seu dia a dia. Não tinha mulher, lia sem parar, visitava portas de fábrica, ajudava numa gráfica clandestina e se reunia com os camaradas. Morar com os anarquistas não era uma ideia ruim, se não precisasse virar um deles. A rotina do asturiano, pelo que contou, parecia a de uma freira no convento, mas eu poderia arrumar um bico na Cidade, sair daquele mato. "Vida libertária, Bernardo", disse Ramón. Que vida libertária o quê? Perguntei se tinha mulheres no movimento. "Poucas e já comprometidas", respondeu. Carteado, bebida, futebol e sexo, estava quase como em Vigo, não parecia mal. E, no fundo, esperava pela promoção. Duro era a matança, mas podia procurar outra coisa, não tinha pressa. E visitar meu amigo anarquista de vez em quando.

Nos bares, a gripe deixou de ser assunto. Ninguém lembrava mais dos mortos, do medo, do isolamento. Era como se a dançarina, a espanhola, nunca tivesse existido. Mil novecentos e dezenove começou com uma sensação de alívio e leveza. O calendário mudou, e não se falava de outra coisa que não fosse o Carnaval. Até Salva maquinava jogar farinha e ovo por cima do muro em quem passasse — e guardava os gorados que Carmen colocava no lixo. No cortiço, senhoras com máquinas de costura faziam fantasias de pierrô, arlequim e colombina. Os amigos apostavam quem beijaria mais, quem teria coragem de sair vestido de mulher. As meninas da salamaria, a área mais limpa do matadouro, conversavam ao pé do ouvido, davam gritinhos. Eu conhecia o *Entroido* na Galícia, com seus tambores e mascarados, da farinha jogada nas ruas e da comilança depois dos desfiles. Para mim, fora a comida boa e farta, era uma festa sem muita graça, um desfile de bonecos cabeçudos, mais parecida com procissão que com baderna pagã.

Nada mais diferente no Brasil, garantiam os amigos. Aqui era a balbúrdia, uma multidão de loucos, barulhada na rua e muita bebida. As mulheres também participavam com gosto, garantiam. Faltava uma semana, os bares organizavam caravanas para a Cidade, rifas corriam para a compra de fantasias e bebidas. Na noite do domingo, cheguei em casa tarde. Casto esperava na porta e me convidou para um passeio. Estava cansado e meio bêbado, mas não tinha como negar aquele convite tão fora de hora. Ele queria ter uma conversa séria, disse. Eu precisava mijar antes, cheio de cerveja. Que conversa podia ser séria que não fosse Maria? Eu me aliviei nas bananeiras e saímos. Mal chegamos na esquina, virou-se para mim, colocou a mão no meu ombro e foi direto.

— Maria está grávida. Vamos tomar uma providência decente?

— E por que acha que o filho é meu? — tentei.

— Não se faça de bobo, rapaz. Maria contou a Carmen que vocês se deitam desde o Natal. Faz dois meses que a menina não tem regras. Você acha que ela sai por aí com todo mundo?

— Isso pergunte a ela, não a mim — devolvi, e me dei conta no mesmo instante da bobagem que tinha dito.

Casto estava furioso, os olhos vermelhos, injetados. Deu as costas e seguiu na direção oposta do cortiço. Tentei alcançá-lo, mas ele esticou os braços para que eu parasse.

— Não sei por que não meto uma faca na sua barriga, seu filho da puta! — Enfiou as mãos nos bolsos do paletó e seguiu zanzando pela calçada.

15

Adiei o encontro com Maria, Casto e Carmen o quanto pude. Dias depois da conversa, deixei a porta destrancada e encontrei Maria na volta do trabalho. Estava sentada na esteira, os olhos inchados de choro, pediu desculpas de cabeça baixa. Tentei acalmá-la, sentei ao seu lado e ficamos olhando para a parede caiada e suja, os pés estendidos. O erro era meu também, disse. "Você não vai levar a culpa sozinha, vamos ver o que podemos fazer." Sugeri que ela tirasse a criança. "Posso te ajudar a encontrar quem faça", disse. Ela olhou para mim horrorizada.

— Nem que você me ofenda, me chame de puta e desapareça no mundo eu vou deixar de ter este filho. Ele já está aqui. Se cuido de um, posso cuidar de dois. Nunca mais diga isso.

— Maria, sou um ninguém, não tenho nem para mim, e você diz que vai ter um filho meu? Como você acha que vou te sustentar? Cuidar da criança e do Salva? Você tinha de escolher melhor, achar alguém mais certo. Eu sou um nada, nunca na vida pensei em ser pai.

— Não precisa de muito, Deus proverá.

— Que Deus, mulher? Deus dá dinheiro? Assumo que sou pai dele, ajudo como puder se você quiser ter o filho. Mas minha vida não é essa, eu gosto das noitadas, da boemia. Meu sonho é voltar para Vigo, já disse para você muitas vezes. Não acho que meu lugar seja aqui.

— Vou contigo. Faço o que você mandar. Não me deixe só, Bernardo. Minha vida já é tão dura...

Não pensava nela ao meu lado nem em Vigo, nem em lugar nenhum. Não queria mandar nem cuidar de ninguém. Não ia fugir, abandonar a mulher com mais uma criança para criar. Ela estava acabando com minha vida, isso era certo, mas de algum jeito eu tinha de ajudar. Abracei Maria, saí à procura de Casto e o encontrei no portão do cortiço. Fomos tomar uma cerveja por ali. Comecei a falar no caminho para o bar, me desculpando por nossa última conversa. Disse que assumiria o filho e ajudaria como pudesse.

— Mas você não vai se casar com ela?

Não sabia o que responder. Expliquei a Casto que não deveria estar ali, era empregado de um vapor que me devolveria à Europa assim que a história da epidemia acabasse. "Eu tenho mulher lá", menti. As circunstâncias me empurraram para São Paulo; não fosse pela gripe espanhola, jamais teria desembarcado. Falei das belezas de Vigo, dos amigos que me esperavam, da vida que levava lá. Ele só assentia com a cabeça, e tentei mudar a conversa: "Não tenho nada a oferecer a Maria, ganho um ordenado de merda. Nem gosto de criança. Salva precisa de um pai de verdade, que dê atenção a ele. E Maria, doce como é, merece coisa melhor do que eu". Também não funcionou.

— Sou um bêbado, Casto. Vejo o amor que vocês têm por Maria. É isso que imaginaram para ela? Um marido como eu, perdido no mundo, pobretão, *borracho*?

Casto tampou o rosto com as mãos. Não levantou a voz nem uma vez. Argumentou que eu sabia o que estava fazendo, do risco que corria na hora de procurá-la. "Chegou a hora de pagar a conta", disse.

— Eu sou homem — rebati.

— E ela é mulher. Precisa de dois para fazer filho, não sabe?

Na minha vida, sempre escapei dos compromissos, mas não tinha saída, não era tão cretino quanto gostaria. E acedi. Sim, viveria com ela e, se voltasse, a levaria para a Espanha com a criança e Salva. Mas impus pelo menos uma condição.

Nada de padres nem de igreja. Se quisesse festejar esse casamento mal-arranjado, que fosse no cortiço, com os amigos.

— Você deve dizer isso a ela. Para mim é justo, desde que seja marido de verdade, cumpra suas obrigações com Maria — disse Casto. — Você vai dar seu ordenado para ela. Separe algum para a bebida e a boemia. Com o que sobrar ela vai manter vocês todos. E assim vai ser. Não acho que você será um bom marido. Mas é o pai do filho dela. Aprenda a cuidar mais da sua família do que de você. E se dê mais ao respeito.

— Pode marcar para depois do Carnaval — respondi, ofendido com o comentário. Quem Casto pensava que era?

Pedi a Casto que reunisse a família. Comprei carne boa no matadouro, a descontar do salário, para garantir um jantar diferente, e Carmen preparou a melhor costela de boi que comi na vida, derretendo na boca. Abrimos um vinho melhor, ainda muito longe de ser bom, mas valia a intenção. Todos vestiram a melhor roupa do armário. De pé, depois do jantar, disse que ia viver com Maria, Salva e o bebê assim que alugasse uma casa melhor. E gostaria de chamar os amigos para celebrar, caso concordassem. Maria pediu que o padre da vizinha Vila dos Remédios desse pelo menos uma bênção. Recusei. "Não me dou bem com padres", disse. "Vai estragar a festa." Como ali o que interessava era o futuro de Maria e dos filhos, o casamento religioso sumiu depressa da conversa, apesar da cara fechada da minha futura mulher. Depois do jantar, Maria e eu saímos para passear. Dessa vez, Salva ficou em casa.

— Gostaria muito de fazer as coisas direito, Bernardo — disse ela.

— Para mim é melhor como está. Vou registrar a criança, já não basta? Se continuar com essa conversa de igreja, o casamento acaba agora. Não quero saber...

— Mas o bebê não vai receber os sacramentos.

— Depois se vê, Maria. Temos de encontrar um lugar para morar que caiba no meu salário, é o que precisamos fazer agora. A cada dia sua barriga fica maior. Melhor que não tenha maledicência da vizinhança.

Perto da estação, encontramos Manoel Martins na frente de sua casa. Íamos de braços dados, e o português fez troça. "Ora, o galego já tem até namorada." Respondi que era minha noiva.
— E já deu tempo? — riu Manoel. — Vai casar-se antes de mim.
— Esta é Maria — apresentei.
— Maria, como a minha? Eu conheço você, vive para os lados do barranco, não é? Já te vi por aí. Então vai se casar com o galego? Cuidado que esse aí não é boa bisca, não.
— Sua irmã disse no navio que você ia pôr umas casinhas de aluguel. Mas vejo que não tem nenhuma — tentei mudar a conversa.

Maria fuzilava o português com os olhos, ofendida com a impertinência de Manoel. Ele mal tinha erguido a primeira casa. Disse que já estava alugada antes de ficar pronta e indicou um patrício, dono de um cortiço duas quadras adiante. Fomos até lá. O sujeito ofereceu um quarto e cozinha nos fundos de onde morava. Para mim, parecia perfeito; Salva não precisaria dormir conosco e o aluguel era baixo. Fiquei de pensar e dar a resposta em um par de dias. Na volta, perguntei a Maria se conseguiria se manter com o que sobrasse do ordenado. "Sim", disse. "Mas vamos procurar mais um pouco, quem sabe achamos coisa melhor."

Ela e o português não se bicaram. Desde aquele dia, nunca mais falou de Manoel de forma educada. Achou que foi ultrajada, como se ele desconfiasse da gravidez, e que eu deveria ter tomado alguma satisfação, comprado briga. Não era para tanto. Acalmei a mulher, mas a birra ficou. Ela o achava mal-educado e grosseirão. Nunca o tinha visto antes, não merecia aquela conversa besta, acreditava que a graça do português era por causa de Salva não ter pai.

Deixei a tarefa de encontrar a casa para Maria e sua família; tinha outros planos para o fim de semana: conhecer o Carnaval do Brasil. No sábado, com a fantasia de pierrô que iria pagar à prestação, peguei o trem com os armênios e mais gente do bairro e fomos para a Cidade. Dirán usava um traje de palhaço, e Hagop se vestiu com as roupas da mãe. Só voltei para casa na terça-feira. A cachaça começou a rodar ainda no vagão. Quando chegamos ao destino, eu já estava grogue, achando tudo engraçado. Seguimos para o Parque da Luz, conhecia aquele caminho. Dava para ouvir a música dos tambores de longe. As ruas estavam cheias de confete e serpentina, uma multidão mais pulava que dançava. Hagop pediu meu lenço, espirrou alguma coisa nele e ordenou: "Cheire com força".

Tudo começou a rodar, achei que fosse desmaiar, mas a sensação ficou agradável, era como se visse meu corpo de fora, e comecei a rir feito um pateta. Lembrei do *Demerara* cruzando a linha do equador. Estava equilibrado nela, o navio passando embaixo. O zumbido no ouvido foi passando, a música enchia o ar, e alguém me disse que aquilo era samba, o som da terra. Nos dias do Carnaval, ou me pendurei numa garrafa de cachaça, ou numa mulher. Muitas me abraçaram e beijaram por nada, sem que eu pedisse. A música que cantavam nunca mais saiu da minha cabeça, mas tive de pedir ajuda aos amigos para entender a malícia: "Na minha casa não se racha lenha/ Na minha racha, na minha racha/ Na minha casa nunca falta água/ Na minha abunda, na minha abunda". Ria sem parar, o Carnaval mostrava que o Brasil era mesmo um país de loucos. E gostava disso.

Ouvi de uma morena que aquela era a festa da espanhola e tínhamos de celebrar só por estar vivos. Comprei uma garrafa de conhaque, me agarrei com ela e fomos buscar um canto do parque. Fodemos de pé, ela apoiada no banco. Não lembro quanto tempo passei ali, mas quando me dei conta estava amanhecendo. Dei-lhe um beijo de despedida e passei no banheiro público para me lavar. Estava com a roupa molhada e suja, o cabelo gosmento com coisas que jogaram em mim, e encarei o fedor de urina e a fila até chegar na pia. De lá, fui atrás dos meus amigos. Só achei Dirán. "Hagop foi para o Brás com umas meninas, vamos também", convidou.

Contornamos o parque por fora e passamos na frente de um quartel que ocupava o quarteirão inteiro, diante da chaminé da companhia de gás. Seguimos por uma planura e caminhamos bem meia hora. Encontramos Hagop no meio da folia, abraçado a duas mulheres. A festa não parava. De vez em quando, um dos três encontrava um lugar mais quieto e dormia um pouco até melhorar da bebedeira. Comemos todas as porcarias dos tabuleiros, mijamos em todas as árvores e beijamos todas as mulheres que deixaram ou pediram.

Naqueles dias passei pela Mooca e pelo Bixiga, voltei ao centro sem parar a farra, a fantasia virando farrapo. Pedi para ir até o teatro, o lugar que mais gostei quando vi a Cidade pela primeira vez. Descansamos bastante nas escadarias e depois descemos no Anhangabaú e seguimos o rio Saracura, atravessando matas, até chegar a um paredão. De um fôlego, subimos a servidão e acabamos no Belvedere da Avenida, uma praça grande, com terraços para restaurantes e cafés, ponto de grã-finos. Dali se via a cidade toda, até as montanhas ao fundo, o pico do Jaraguá — Hagop disse que tinha ouro lá. São Paulo era muito maior que Vigo, dali dava para ver melhor seus limites. Andamos pelos arredores e descobri a fonte do dinheiro de São Paulo, casarões imensos se espalhavam pela avenida larga.

Quem vivia naqueles palacetes mandava na cidade. O Carnaval dos ricos era diferente, mais orgulhoso. Gente bem-vestida, fantasias caras. Circulavam devagar em Torpedos, abertos e compridos, com meninas bonitas dentro. O povo olhava e batia palmas. Alguns jogavam água, ou outras coisas, nos condutores. Um desfile de carros, o corso, ouvi. O chão parecia uma pasta de papel, com confetes e serpentinas enlameados, as pessoas se apertando para ver os automóveis.

Perto de mim, uma italianinha chacoalhava animada. Usava chapéu redondo, o vestido descia reto até a canela, o cabelo preto e curto, bonito. Lina, ela se chamava. Disse que trabalhava por ali, mas estava de folga até a noite. Convidei a moça para passear, sair de perto da multidão. "Mostre como é a vida boa em São Paulo", pedi. Andamos pelas calçadas marrons, ela apontava os palacetes, dizendo quem morava onde. "Este é de um industrial. Esse, de um barão", o sotaque divertido e as mãos que não paravam, a italiana parecia saber de tudo. Ela me convidou para um sorvete, uma *granita* de limão. E pagou. Lina sabia as letras e a matemática. Veio com os pais para São Paulo ainda menina. Arranjou emprego com catorze anos e, aos dezoito, estava no mesmo lugar: arrumadeira na casa de um ricaço na avenida Paulista. Dormia lá a semana inteira e passava o dia de folga com a família na Mooca.

— Quer ver onde moro? — perguntou.

— Agora?

Enlaçamos os braços e Lina me levou para o casarão, a três quadras da sorveteria. Entramos pelo portão lateral. O quintal era um jardim perfeito, como se cada flor tivesse sido colocada em seu lugar com uma régua. Vi fontes e esculturas perto de um caramanchão. "Quanto dinheiro tinha ali", pensei. Lina tirou a chave da bolsa pequena. Bateu a porta quando entramos e me beijou, um beijo longo e molhado. Ficamos muito tempo apertados, senti seus peitos grandes embaixo do vestido. Ela me afastou, perguntou se não gostaria de tomar um banho. Eu estava imundo, o pó dos bairros na roupa e no corpo. Lina tinha um banheiro só para ela, com chuveiro de água quente e sabonete. Entrou pouco depois com as toalhas, e ficamos brincando pelados embaixo d'água. Quando voltamos ao quarto, minhas roupas tinham sumido. Passamos a tarde fazendo sexo, e como ela gostava daquilo. Nunca ficava satisfeita, mas só deixava por trás. Não queria engravidar, garantiu que era virgem e estava de casamento marcado. Não ia estragar tudo com o galeguinho.

— Preciso ir embora, menina.

— Ah, as roupas ainda estão secando. Agora, vai esperar.

— Mas tenho de encontrar meus camaradas, nem sei voltar sozinho daqui.

Ela me empurrou para a cama, colocou o dedo na frente da boca e pulou em cima de mim. Precisei de outro banho antes de ir embora. Com as roupas ainda úmidas, saí de lá de noite, Lina deu o dinheiro da condução. Devia tomar um bonde até o centro e procurar a estação de trem. Mas antes me fez prometer que não sumiria. Poderia voltar todo domingo de manhã e esperar na frente da casa, mas nunca — e insistiu no "nunca" — aparecer durante a semana. Ela me buscaria na rua e entraríamos juntos, escondidos. Perguntei se não poderia ser depois do almoço. Não queria deixar o futebol. Ela concordou com cara feia. "Mas vai me trocar pelo futebol?", perguntou.

— Não, Lina, quero os dois — ri.

Segui suas indicações até a rua Augusta, onde vi os trilhos do bonde em direção ao centro. A noite estava tão clara, eu me sentia tão limpo, que resolvi descer a ladeira a pé. Usei as moedas de Lina para tomar cachaça no caminho. O que era aquela menina, cheia de si, ousada e bonita? Fiquei a gosto com ela desde a primeira hora. Lina falava o que pensava, pedia o que gostava. Passear pela Paulista e encontrar Lina virou programa de fim de semana. Abandonei meus planos de conhecer a cidade para frequentar o casarão da Paulista aos domingos.

Numa das visitas, a casa estava vazia. Lina pegou na minha mão e me levou para cima, "para você saber como os ricos vivem", disse. Dava para se perder nos cômodos, os móveis brilhavam. O lustre da sala era maior que a cozinha de Carmen, a cama do casal parecia de pluma — mas ela não me deixou deitar para não sujar a colcha. Abri os armários. Roupas para usar por três ou quatro vidas. Quarto de brinquedos, despensa, comida para um batalhão. Roubei um trenzinho de ferro para Salva e uma imagem de Nossa Senhora para Maria sem que Lina percebesse. Os ricos não iam dar pela falta.

16

A festa de casamento foi marcada para o último sábado de março. Carmen assumiu as tarefas, arrumou o terreiro ao lado do cortiço, comprou chita para fazer toalhas de mesa. Eu mesmo cortei umas bananeiras de forma a aumentar o espaço para os convidados. Enquanto talhava os troncos, pensava que não tinha tantos amigos assim para chamar, mas a celebração, eu sabia, não era minha. Não fazia ideia de quantos apareceriam. Casto encomendou cervejas e vinhos, tomou emprestadas mesas e cadeiras do bar da esquina. Eu separei o tanto da minha bebida e dei o ordenado inteiro nas mãos de Maria. Ela não saía da máquina de costura. A pressa tinha sua razão. Magrelinha, a barriga já começava a apontar, o peito inchava — e não precisava passar vergonha na vizinhança. Ser mãe solteira do Salva já bastava.

Casto encontrou uma casinha na esquina do quarteirão do cortiço. Quarto, saleta e cozinha, com banheiro para fora, mas só nosso. Seis famílias dividiam o terreno. Era mais cara que a do português amigo do Manoel, mas valia a pena. Achei que Maria daria conta de comprar comida com o que sobrasse do salário, e podia contar com a carne que trazia do matadouro. E nos apertos daria para jantar na casa do padrinho, a troco de um quartil de vinho.

— Vai ser bom para o Salva e o menino — disse Casto.
— Que menino?
— Como que menino? Seu filho, pacóvio.

— Não sei se é. Pode ser menina.
— Vai ser menino.
Seria melhor se fosse, mas podia ser menina também. Naquela hora, não me importava, não queria pensar em filho, como se não tivesse culpa do que ia dentro da barriga de Maria. E estava ali, procurando casa para viver com uma mulher de quem nem gostava muito, onde começaria uma vida que não era a minha, fazendo coisas que não queria, educando um menino que não era meu. Fechamos negócio. Poderia me mudar no fim de semana antes do casamento. Casto prometeu a cama de casal e o guarda-comida de presente. O pessoal do cortiço me ajudou a carregar o armário de Maria e as coisas da cozinha — os armênios deram a mesa e quatro cadeiras, feitas por um marceneiro da colônia.

Quase virei a noite para montar a cama no quarto apertado, queria deixar tudo pronto antes de ir para o trabalho. Perdia os encaixes e as cavilhas, os parafusos rodavam em falso, a luz do lampião não ajudava. Na verdade, nunca tinha feito aquilo antes, nem pretendia fazer depois. Mas ficou pronta, dormi ali mesmo, por umas poucas horas. Cedinho, Maria e Salva apareceram. Ela olhou para o quarto e ficou perturbada — me chamou de lado, longe do menino.

— Nessa cama eu não durmo — disse.
— Como não dorme? Passei a noite para deixar pronta. *Que pasa?*
— Você montou os pés da cama na direção da porta da rua, ficou louco? — Maria falou baixo, como se fosse o segredo mais importante do mundo, pausando as palavras. — Quem fica com os pés virados para a porta são os defuntos no caixão. Isso é *desdichado*, não pode ficar assim. — E repetiu que não dormiria ali, a não ser que eu mudasse a posição da cama. Foi nossa primeira briga, em um tom acima do sussurro. Falei que aquilo tudo era crendice tola, que depois do casamento eu consertaria, mas a conversa não andou. — Eu respeito suas bebedeiras, então respeite minhas crenças. Troque isso de lugar, senão nem venho para cá.

Fui para o matadouro dormindo em pé, troquei a hora da boia por uma soneca, mas não me livrei de desmontar e remontar a cama à noite. A porta do armário não abria mais direito, não tinha lugar para a cômoda — na primeira posição tudo tinha ficado muito melhor. Que porra eu estava fazendo virando para lá e para cá aquela cama pesada por um *puto* capricho? E ainda nem era casado.

A festa reuniu bastante gente e foi alegre, que era tudo o que eu queria. Chamei o português, que apareceu com a noiva, Hagop, Dirán e mais uns armênios do bar do Sarkis, Ramón e meia dúzia de camaradas da matança. O cortiço estava em peso, e Casto chamou uns parentes que viviam no Cambuci e no Ipiranga. A espanholada levou *jamón* e queijo manchego. Lembrei na véspera que deveria ter convidado dom Ernesto, mas nunca mais havia voltado para os lados dele. Precisava pelo menos pagar o velho e agradecer mais uma vez por aquela nota amassada que tanto me ajudou.

Manoel, mal chegou, fez questão de provocar. "Quem diria que o galego fosse se casar e ter filho antes de mim", disse, com um risinho cínico, a boca com dentes a menos. Eu nem liguei, mas Maria ficou furiosa com o gajo. Queria mandá-lo embora naquela hora, mas domei a fera. "Hoje é dia de festa, Maria. Deixe o portuga falando sozinho", pedi. "Vamos comemorar, ele é um bom sujeito, meio tosco, mas bom sujeito, aproveite que a noite é sua, mulher", e a puxei para comer as batatinhas que boiavam dentro de um barril, com cebola, tomate e salsinha. Os vizinhos italianos apareceram com salames e linguiças para comer com pão. Tomei cerveja, vinho e cachaça aos litros. Bem ou mal, a festa era minha também, e todos estavam alegres, até Salva se comportou. Vi quando Carmen deu a ele um copo com água, açúcar e um pouco de vinho. Mal não faria. Apareceu um acordeão, e todos começaram a dançar. Maria era das mais animadas, como se tivesse perdido a timidez. E estava bonita como eu nunca tinha visto antes.

Falei umas palavras sobre a vida que levaria com minha esposa, agora Maria tinha alguém com quem contar, um cuidaria do outro. Nós nos beijamos, e enfim achei destino para as alianças que tirei dos mortos em Santos — o casamento estava consumado. Fui para a nova casa escorado em Maria. Salva ficou com Casto e Carmen. Mas, se lembro, caí na cama e dormi até tarde. Nossas núpcias tiveram de esperar pela manhã do domingo. Quando acordei, vi Maria, ainda dormindo, vestida com um camisolão bordado. Ela deve ter se decepcionado muito. Tentei compensar logo cedo, suportando a ressaca, e a acordei com muitos beijos e carinhos. Ficamos na cama até quase a hora do almoço. Achei até que ela estava feliz comigo, mas na primeira chance reclamou do meu bafo. Ri. "É melhor ir se acostumando, senhora Barrera." E saí para lavar a boca no tanque.

Salva era um arruaceiro, gostava de briga e volta e meia aparecia lanhado. Dava para ouvi-lo gritando palavrões uma quadra antes de chegar em casa. Mas, quando se recolhia, estava mais para um noviço. Tivemos uma conversa logo depois da mudança e combinamos que, se ele fosse respeitoso com a mãe, nunca bateria nele. Se saísse da linha, porém, sentiria minha cinta no lombo. Ele chamava Maria de "mama". Se falasse espanhol, ela seria *mamá*, ou *nai*, em galego. Mas mama? Coisa de italiano, o que naquele lugar não parecia estranho, mas eu não gostava nem um pouco. Cada imigrante misturava o português com sua língua, e o que saía soava até engraçado. E todos se entendiam, de algum jeito.

O menino vivia ralado dos tombos. Tinha problemas de equilíbrio por causa do pé. Nunca me pediu nada, talvez por ordem da mãe, mas eu sempre deixava um caramelo ou um pirulito perto da cama. Em geral, eu aparecia em casa quando todos já dormiam e saía para o trabalho antes que acordassem. Salva não tinha que pagar pelas minhas merdas nem pelas da mãe. Eu gostava daquela rebeldia e sabia o quanto ele sofria, talvez mais que Maria. Se eu não piorasse as coisas para ele já estava bom. Nunca fui pai de verdade, mal soube o que era ter um. Mas devia cumprir o papel que me cabia: dar ao menino o que não tive. Difícil era cuidar de Salva sem abandonar a boemia.

Maria não reclamava de nada. Eu saía cedo para o trabalho, voltava tarde dos bares e do carteado, sumia nos fins de semana, ora no futebol, ora nos braços de Lina. Disse para minha esposa que tinha arranjado um bico no centro como pedreiro, mas voltava para casa sempre de banho tomado e perfumado. A italiana comprava sabonetes e perfumes para mim, talvez por causa do cheiro na primeira vez em que nos vimos. Maria nunca estranhou, nunca pediu explicação.

A comida estava sempre pronta, a casa arrumada. Quando ia dormir, encontrava um copo de água na mesa perto da cozinha, o penico esvaziado embaixo da cama. Ela não pedia mais dinheiro do que eu dava, não fazia perguntas e não reclamava. Mas seu comportamento foi mudando à medida que a barriga crescia. A conversa ficou cada vez mais curta. Pedia que eu ficasse em casa, dizia que não estava dando conta do serviço. E, como o dinheiro era curto, começou a vender peças de crochê que fazia. Ela era um palito encurvado, linhas repousando em sua barriga de grávida, e o movimento incessante das mãos fazendo os pontos. Maria perguntou uma vez por que o dinheiro dos meus bicos de fim de semana não chegava para ela, que fora a carne do matadouro e o salário, parecia que seguia solteira. Eu não cumpria o que ela esperava de um marido, e isso não me incomodava. "Mulher, você reclame quando faltar comida na mesa, mas não venha querer cuidar da minha vida que isso não vai dar certo", eu dizia. No fundo, sabia que não ajudava muito. E o casamento que começou errado dava sinais cada vez mais claros de que não duraria. Mas tentaria cumprir o que Casto me pediu. Ser um bom marido, cuidar daquela família estranha.

Ela mostrava a barriga quando eu a procurava para o sexo, depois virava de costas e fingia dormir. Com seis meses de gravidez, ela caiu de cama. Carmen me disse que ela passava horas deitada durante o dia, tinha muitas dores, mal dava atenção a Salva — a madrinha cuidava da arrumação da casa e tentava botar o menino na linha. *"Estoy malica"*, repetia em seus momentos de cansaço. A gravidez não ia bem. Maria teve sangramentos e não podia fazer força, me disse Carmen. Bom que ficasse mesmo em repouso. Eu não ligava para a casa desleixada, mas tampouco ajudava. Passava o dia metido na matança e me bastava, ela que aproveitasse para deixar a casa em ordem com a ajuda da madrinha. Salva tinha virado o que os brasileiros chamavam de moleque de rua. Falava os palavrões mais grosseiros aos gritos, por nada. Começou a ficar respondão dentro de casa. Numa ocasião, na casa de Casto, provocou todos na mesa. Remedava, fazia caretas e sinais obscenos com as mãos. Por fim, reclamou da comida, jogou a colher no prato. Maria tentava conter o menino com beliscões e a situação só piorava, as vozes aumentando de volume, os donos da casa entrando na conversa também aos gritos. Até que ela olhou firme para mim e pediu que eu castigasse o garoto.

Queria mesmo uma desculpa para escapar daquela confusão, aquilo precisava parar. Peguei Salva pelo braço e o arrastei para fora. Ia lhe dar umas palmadas, estava transtornado, mas, assim que ergui a mão e o vi chorando, me faltou coragem. Eu tinha apanhado tanto na vida, não podia bater numa criança, por pior que ela fosse. Falei duro com o menino, disse que tinha de ser mais obediente, respeitar os velhos. E que não me importaria de lhe dar uma surra se fosse preciso. Salva abraçou minhas pernas e não parou mais de chorar. Agachei e pedi que me contasse por que andava assim. Foi duro ouvir. Ele disse que os meninos eram maus com ele, o perneta que nem podia jogar bola, ouvia que o pai tinha ido embora porque não gostava de Maria. "Você vai ser meu pai um dia?", perguntou. "Já sou um pouco, não é? Quer que eu encare os meninos da rua?" Ele negou. Isso nunca, só pioraria as coisas, disse. Ficamos os dois, sem falar nada, de cabeça baixa, eu segurando o choro. Os três olhavam da porta. O fim do jantar foi pura consternação. Casto sugeriu que Salva dormisse por lá. Agradeci e recusei. Na volta para casa, Maria estava furiosa:

— Por que não bateu nele?

— Não sou o pai dele, vou bater numa criança?

— Agora é o pai, sim.

— Não, Maria, não sou. Não sei ser pai. E, se fosse, também não bateria. Gosto muito do menino, ninguém merece apanhar de alguém de quem não possa se defender. Não acho certo.

— Como você vai criar seu filho, Bernardo?

— Não sei. Mas não com tabefes.

Levei Salva ao futebol no dia seguinte. Pedi que ficasse no bar durante o jogo. Foi uma merda. Tomei um soco de um jogador do meu time porque não passei a bola, e a briga envolveu todo mundo, até os adversários. Os rapazes do outro clube foram embora sem esperar o jogo do *sport*. "Os caras brigam entre si, imagina o que vão fazer com a gente", ouvi de um deles, recolhendo o material no vestiário. E estava certo. Esse time não ia a lugar nenhum, futebol era só uma desculpa para trocar socos nos fins de semana. Estava com o olho roxo. Salva, apavorado, chorava e espernava, o dono da birosca o segurava como podia, o menino queria se meter na confusão. Disse que sabia onde morava o filho da puta que me bateu.

— Vamos lá, você acerta o carcamano, só os dois.

— Não, Salva, chega de briga. Pego ele de cabeça fria. Vamos para casa.

Deixei o menino, troquei de roupa e tomei o trem para o centro. De lá, entrei no bonde até a Paulista. Precisava de Lina, queria sossego. Passamos a tarde na cama, comendo umas frutas que vieram dos patrões, os lençóis limpos, pássaros cantando por perto. Ela falou um bom tempo do noivo. Não entendia bem o que dizia, com sua voz suave e baixa misturando português e italiano. Mesmo que entendesse, não faria diferença, ela que se arranjasse com o rapaz. Não era meu problema e não dei atenção. Pouco antes de ir embora, assim que me vesti, a italiana pegou na minha mão.

— Vamos parar de nos ver.

— Não, Lina. O que você está dizendo?

— Falei mais de uma hora, e você não entendeu uma palavra. Vou me casar, Bernardo. Vou mudar para a Barra Funda. Já encontrei trabalho perto de casa, e ele também, logo vamos abrir um comércio. Hoje é nosso último encontro, *amore*. Ando furiosa com essa patroa. Ela me acusou de roubar o brinquedo predileto do filho. O que vou fazer com uma merda de brinquedo? Já estou até a tampa e achando bom, meu tempo aqui acabou.

Beijou minha mão e me levou até a porta. Trocamos um beijo no umbral até ouvirmos o grito, vindo de cima.

— Lina, que é isso?

— É meu namorado, *strega*! — respondeu alto, já imaginando a reação da patroa.

— Trazendo homem para a minha casa, você não tem vergonha, sua mal-educada? Está demitida, saia da minha casa agora.

Lina olhou furiosa para a mulher, ainda jovem, com um penteado estranho e claramente apavorada. Pegou suas poucas coisas no banheiro do apartamento e as socou na bolsa. Enquanto isso, a família correu para a varanda, nos fundos da casa, atraída pela gritaria. O proprietário segurava um socador de pilão com as duas mãos, como uma clava, as crianças mais velhas riam da confusão. A italiana me puxou, e saímos de braços dados. Perto do portão, ela se virou para a patroa, encheu as bochechas e soltou o ar, imitando o barulho de peido.

— *Pernacchia, maledetta. Vaffanculo.* — Saímos apressados, sem olhar para trás, rindo dos patrões.

Andamos pela avenida Paulista, eu me divertia com a coragem de Lina. Fomos e voltamos de ponta a ponta. Era o lugar mais alto e bonito da cidade. Com a tarde clara, atravessamos várias vezes a avenida larga. Dava para ver ao longe a várzea do rio Pinheiros. O centro ficava do outro lado, os morros se enchendo de casas. Convidei a moça para uma cerveja. Ela preferiu café.

— E agora? — perguntei.

— Ora, vamos para sua casa — disse Lina, rindo.

Disse que morava numa pensão, dividia o quarto e segui inventando histórias até que ela começou a falar sério:

— Vou para a casa da minha família, idiota. Caso daqui a um mês. Só tenho medo de os patrões contarem para minha família que eu estava com você. Aí vai ser uma merda. Você deve ter alguém no seu bairro, me conta. Imagino que foi você que roubou o brinquedo. Você tem filho, não é?

Neguei. Foi a primeira vez que ela perguntou da minha vida. Menti que não tinha ninguém e que estava triste por não vê-la mais — e isso, sim, era verdade. "Você precisa seguir seu caminho", eu disse, "vai ter muitos filhos e uma vida boa, um marido direito". Nós nos despedimos com um abraço demorado, e eu quase chorei. Repeti o roteiro do dia em que a conheci e parei em todos os bares da rua Augusta até chegar ao centro. Peguei o último trem e voltei para casa bêbado e exausto. Minha vida tinha perdido muito da graça com aquele adeus. Tinha certeza de que era a última vez que encontrava a italianinha. Nem me dei ao trabalho de pedir seu endereço.

17

Maria reclamava sem parar, e com razão, do meu comportamento de marido ausente. Ajudava quase nada com Salva, mal lhe dava carinho. Ela superava tudo porque eu bancava as contas. Mas, ali por maio ou junho, começou a se queixar que o dinheiro não estava dando para o mês, mesmo com o crochê. Não conseguia mais comprar frutas para o menino, só banana. Nossa comida era arroz, batata e a carne do matadouro. Faltava para a roupa e para o resto. Ela dizia que os preços subiam sem parar e que eu não ganhava para o gasto. Nem tinha a desculpa do fim do bico mentiroso do fim de semana, depois de me separar de Lina. Na verdade, até para a bebida andava faltando. Passei por uma fase azarada no jogo, devia para um monte de gente, anotava na caderneta dos bares, mas a dívida crescia mais do que eu tinha para pagar, e alguns não me serviam mais. Só bebia de acordo com a boa vontade dos amigos.

    Botei a culpa no trabalho, na merda do ordenado. Tirando o que eu comprava de carne, sobrava quase nada para Maria e o menino, o dinheiro durava cada vez menos. Pedi a Manoel Martins que vendesse leite fiado para a grávida, sem que ela soubesse. Eu mesmo levava a lata para casa na saída do serviço. Não podia faltar, e Salva também precisava. O português seguia juntando dinheiro, a casa de aluguel estava pronta e ocupada. Ele queria levantar mais três e já tinha as fundações, todas iguais — um retângulo com banheiro, cozinha, sala e quarto, um atrás do outro. Ganhava mais, dizia.

"E não fica com cara de cortiço." Só de oferecer um banheiro para cada família, valorizava a casinha. Acho que por educação, me convidou para o seu casamento, dali a um mês e meio. Se a vida dele ia bem, para os operários a situação só piorava.

O matadouro empurrou todo mundo para a hora extra, e tinha dias que eu passava lá quinze horas seguidas. Os mais velhos, dos tempos em que o Frigorífico Wilson se chamava Salamaria Continental, reclamavam que nunca ganharam tão pouco. Os donos reduziram a quantidade de carne que os operários podiam comprar, dizendo que ela acabava nos açougues para ser revendida. Também subiram os preços, até dos miúdos. O comércio parou de vender fiado, ninguém estava conseguindo pagar. Ramón e outros anarquistas começaram a agitação. Amarravam faixas nas árvores reclamando da carestia, entregavam papeletas que exigiam aumento de salário e redução da jornada, a tal semana inglesa, no matadouro e na cerâmica. Os mandões do Frigorífico Wilson não quiseram nem ouvir o que reivindicava o comitê operário, criado por causa da ausência de um sindicato. Ramón fez um abaixo-assinado pedindo uma reunião. O papel foi usado depois, quando vieram as demissões. Os ingênuos que assinaram, como eu, foram para o olho da rua.

A lei estava do lado dos patrões, mas a reclamação crescia. Os magarefes eram os mais fodidos, com os ordenados mais baixos. Entendia por que ganhava pouco. Se até eu era capaz de dar marretadas na cabeça de um boi até matá-lo e depois picar o bicho em pedaços, qualquer miserável poderia fazer a mesma coisa, por qualquer salário — eu me segurava esperando a promoção para o escritório, que nunca chegava. Por isso assinei a lista de Ramón. O matadouro não era a única fábrica que dava emprego no bairro. Para ter aquele trabalho de merda, que pelo menos me pagassem direito.

A greve estourou numa quinta-feira. A ordem era não sair de casa, os anarquistas sabiam desde o último movimento que a polícia gostava de bater. Feito besta, fui espiar o que estava acontecendo perto do matadouro. Os anarquistas formaram um piquete perto do córrego do sangue, onde o caminho ficava mais estreito. A cavalaria chegou, e deu para ouvir um deles gritar dentro de um cone: "Saiam agora, não tem segundo aviso". E começaram a avançar na mesma hora. Só de cavalos contei vinte. E atrás seguia um monte de policiais a pé, com pedaços de pau na mão. Se houvesse dez operários ali, seria muito. Eles jogaram pedras e correram, mas escolheram mal o lugar do piquete: estavam dentro de um fosso, sem saída, e apanharam para valer. Voltei para casa apressando o passo. A polícia ficou pelo bairro até a noite.

A greve foi um desastre. A direção do matadouro alugou ônibus para levar operários para a fábrica, contratou seguranças, e a polícia desfazia qualquer roda de pessoas, mesmo longe das fábricas. Não tinha chance de dar certo. Eu não ia apanhar da polícia, mas resolvi ficar em casa e me considerar grevista. Os anarquistas criaram um mercado, com verduras, frutas e arroz de graça. O matadouro continuava funcionando, com metade dos funcionários. Encontrava os colegas no bar. Chegavam lá depois de doze, catorze horas de trabalho, estafados, e se enchiam de bebida. Hagop continuou trabalhando, dizia que a greve só atrapalharia a vida de quem estava empregado. Tentei convencer meu amigo que nosso salário era uma esmola, mas ele não deu trela. "Arruma outro emprego, saia de lá e vá ganhar mais." O armênio — eu achava que por causa da greve — tinha sido promovido na véspera. Agora era supervisor, virou meu chefe, o filho da puta. A greve acabou nem uma semana depois. Os operários não ganharam nada, fora as bordoadas da polícia.

Não precisei pedir demissão. Quando voltei ao trabalho, nem me deixaram entrar no matadouro. Meu nome estava na lista dos dispensados, atrás da prancheta de um capataz. Dei meia-volta e fui para o bar. Pedi uma cachaça. Até o rapaz do balcão estranhou. Nas mesas, as pessoas tomavam café com pão e manteiga, o relógio marcava sete e meia da manhã. Precisava encontrar o jeito certo de contar a Maria. Fui para os armazéns da beira do rio procurar trabalho. Uma vez na vida tive a chance de ser padre. Agora ia tentar uma vaga de carregador de sacos de café. No caminho, encontrei Ramón no meio dos anarquistas. Cabeça baixa, derrotado.

— Você também? — perguntou.

— É. Vou atrás de trabalho na sacaria.

— Nem tente, mandaram uma lista dos grevistas para a cerâmica, os armazéns e até para o cotonifício. Você não vai arrumar emprego tão fácil, rapaz, ficou marcado como agitador.

Contei sobre minha situação, a criança chegando. Ramón disse que tentaria me colocar na fila dos assistidos pelo Círculo Operário de São Paulo. E sugeriu que parasse de beber, eu cheirava a álcool quando falamos. "Trabalho existe, Bernardo. Longe daqui, mas existe, você não tem ficha na polícia, vai conseguir alguma coisa se procurar." Entendi que os anarquistas não fariam nada por mim além de arrumar um pouco de arroz e farinha. E eu teria que ser grato, participar das reuniões, distribuir papeletas. Aquilo, não tinha vontade nenhuma de fazer.

Na volta passei na frente da casa de Manoel Martins. O português lidava com as casinhas no terreno, carregando tijolos no carrinho de mão para levantar as paredes. Não parava de trabalhar nunca, nada cansava o homem. Devia ter um monte de dinheiro guardado.

— Ô, Manoel, não precisa de um pedreiro para te ajudar? — arrisquei.

— E você lá é pedreiro, galego? — respondeu. — Fique por aqui se quiser, algo sempre há para fazer. Mas só te pago quando alugar os quartos. Então, quanto mais depressa acabarmos, melhor para ti.

Ligeiro, fui preparar o cimento para assentar os tijolos, mas o português me interrompeu. Entrou na casa, voltou de lá com um maço de cartas e pediu que eu as lesse. Estavam todas fechadas, a irmã como única remetente. Disse a Manoel que precisava trabalhar, poderia ler para ele mais tarde. "Já é trabalho, galego." Passei a tarde sentado na sombra enquanto o português dava duro na construção. Tentei organizar os *sobres* pelas datas, mas era um calhamaço. Comecei pelas mais antigas e li sem pressa. Se o português estava me pagando para ouvir, que a jornada demorasse.

Arminda sempre começava com "querido mano" ou "querido maninho", e as cartas eram cheias de ternura. Contava da vida que levava na fazenda, organizando a casa do libanês Ibrahim, que conhecera no *Demerara*. A família do sujeito era dona de fazendas de café e gado, e ele abriu vários comércios na cidade com os parentes, estava ficando rico no interior. Ela dormia na casa-grande, era uma espécie de governanta e ia de vez em quando a Avaré, acompanhando o patrão. Descrevia a cidadezinha, as praças, a poeira vermelha. Por vezes se desculpava por não escrever mais. Andava ocupada. Sempre perguntava da saúde de Manoel e sondava o irmão sobre dinheiro, lembrava de coisas da infância que viveram em comum. À medida que as cartas iam avançando no tempo, Arminda demonstrava mais intimidade com o libanês. Até que em uma delas contou que estava de casamento marcado, a portuguesinha tinha fisgado o ricaço. Manoel não se alterou. Ouvia sem desviar a atenção do serviço, parecia agradecido e nem um pouco surpreso com a virada na vida da irmã. A noiva do português aparecia no terreno de quando em quando com canecas d'água. Cândida se chamava. Maria Cândida.

— Não é que a Arminda arrumou casamento? — disse para a moça. — O galego conheceu minha irmã no navio.

— Muito educada — eu disse, sem jeito.

Cândida só assentiu com a cabeça. Manoel parou de mexer o cimento por um instante, virou-se para mim e disse:

— Veio para cá arranjar um marido e arrumou um mouro. Que viva a vida dela, que eu tenho a minha.

Manoel pediu que mandasse um telegrama para a irmã, contando do seu casamento. Cheguei cedo em casa, escrevi uma nota e incluí desejos de felicidade para ela em nome do português. Aproveitei e resolvi escrever também, uma carta, falando da minha vida.

Querida Arminda,

Espero que esteja tudo bem com você e esta carta te encontre com saúde. Aproveito que consegui seu endereço com o Manoel para desejar toda a felicidade do mundo para você e seu marido. Como eu estava errado no navio, não é? Vou contar também como anda minha vida.

Como vê, encontrei seu irmão e vivemos no mesmo bairro. Ele me ajudou muito desde a minha chegada. Arrumei trabalho, me casei e vou ter um filho brasileirinho. Ainda penso em voltar para a Espanha, mas a cada dia vejo que meu destino está mesmo aqui. Passei por aventuras que, se escrevesse agora, você não acreditaria. O Brasil é um país estranho, bem diferente da minha terra, com gente do mundo inteiro que veio para cá, como você e eu, para construir uma vida nova. E, com gente tão diferente, acabei encontrando de tudo. Pessoas bondosas e pessoas ruins, briguentos e pacíficos, sem-vergonhas e puros. Não sei o que esse país vai virar. Parece uma panela bem tampada, capaz de explodir a qualquer hora. Há muita alegria, isso sim. Mas acho que todos os que escaparam da gripe se sentem assim, felizes só por estar vivos. Conheci palacetes e cortiços, tive de deixar meus sonhos de lado, e meus dias nem sempre são felizes. Mas isso não importa agora.

Desejo muita alegria a você e sua família. Não se esqueça nunca deste seu amigo nem do seu irmão. Sei que sua vida é boa pelo que li nas cartas. Que seja assim para sempre.

Bernardo

18

A minha Maria só chorava. A fúria, o desinteresse, a decepção com o marido não contavam mais, pareciam pouco. Ela era a cara da tristeza. Sentia dores o tempo todo, morria de medo de perder a criança. A única coisa que eu fazia direito, botar dinheiro em casa, tinha acabado. Estava em repouso esperando a hora de dar à luz, o berço, presente de Casto e Carmen, apertado ao lado da cama. Quando contei a ela meu trato com Manoel, a mulher tão tímida e educada não se segurou. Enxugou as lágrimas e olhou firme para mim:

— Enfia no cu esse trabalho de pedreiro. Não temos mais nada, Bernardo. Seu filho vai morrer de fome.

— Não vai, mulher. Seu Deus proverá — eu disse.

Ela atirou na minha direção o tamanco de madeira, que passou raspando pela cabeça de Salva. Começou a se benzer e a rezar.

— Meu Deus não vai arrumar um serviço decente para você.

Dias depois da briga, Carmen apareceu no terreno do português. Veio avisar que a hora tinha chegado, o bebê estava vindo ao mundo antes do tempo. Larguei as coisas e corri para casa, direto para o tanque tirar a sujeira do corpo. A parteira estava com Maria no quarto. Na cozinha, me juntei a Salva, que chorava ouvindo os gritos e os palavrões da mãe no cômodo ao lado. Encostou a orelha na porta, mas eu o tirei de lá. Não me atrevi a entrar. Os vizinhos se amontoavam no portão. Um nascimento, ainda que prematuro, depois de tantas mortes, era notícia a comemorar. Manoel veio também, me chamou e enfiou um bolo de notas no meu bolso. Já era noite quando ouvimos o choro fino e constante, a parteira com o pacote embrulhado.

— Menino — disse.

Peguei aquele bicho mole no colo e olhei para a folhinha pregada na parede. Vinte e um de agosto de 1919. Enrolado em roupinhas de crochê, magrelo, feio, chorando até ficar roxo longe do peito da mãe, o menino tinha enfim chegado mais cedo ao mundo e pedia passagem. Desembrulhei o xale para ver seus pés, com medo que fossem como o de Salva.

Eu, o *malparido*, o sujeito que achava não ter nada na vida, fiquei ali diante do bebê pelado totalmente abestalhado. Sempre duvidei da minha capacidade de cuidar de alguém, quanto mais de um bebê. Isso agora mudaria, prometi. Minha infância durou até os vinte anos. Era hora de acabar. Na situação em que vivia, tudo o que precisava era tomar juízo. Os anarquistas haviam mandado uma caixa com arroz e carne-seca desde a greve, e isso foi tudo que veio deles. Manoel dava leite de suas vacas para Maria, mas ia me pagar metade do que eu ganhava no matadouro quando começasse a alugar as casinhas — e era trabalho para mais três, quatro meses, e só. Parei de ir aos bares porque ninguém mais me vendia fiado. Devia dinheiro para metade dos amigos, que começaram a se afastar do caloteiro. Hagop e Dirán estavam prontos para inaugurar o restaurante armênio da mãe e desapareceram das noitadas. Iam vender os pratos para a colônia. Eu vivia na miséria, sem nenhuma perspectiva de sair dela tão cedo. Nem ao futebol ia mais. Briguei com os italianos e me tiraram do time. Não liguei, já não gostava mais daquilo. Vivíamos da bondade de Casto e Carmen, que não tinham muito a oferecer.

No meio dessa dureza, Maria insistiu em batizar o menino. Por mim, que ficasse bem longe da pia da igreja, mas minha autoridade valia cada vez menos. Ela dizia que não queria ver o bebê morrer pagão, o batismo garantiria a ele um lugar no céu. Depois de noites e noites com a lenga-lenga, por fim cedi. Duro era encarar o padre, mas pelo menos deixaria a mulher feliz. Maria cuidou de bater na igreja da Vila dos Remédios, do outro lado do Tietê. Acho que foi a primeira vez que a vi sair do bairro desde que nos casamos. E se dedicou aos preparativos nos intervalos das mamadas. Fez roupas novas e convidou Casto e Carmen para padrinhos à minha revelia.

— Vamos voltar para a Espanha — disse uma noite a Maria. Ela me olhou como quem olha para um louco. Não sobrava dinheiro para tomar o trem, quanto mais para uma viagem de vapor. Falei por falar. Duvidava que encontrasse algo de bom para fazer em Vigo. Adormeci fazendo carinho nos cabelos de Maria. Havia prometido a ela que no dia seguinte registraria a criança, que nem nome tinha. Ela queria batizá-lo Alfredo, em memória de um tio sei lá de onde. Não gostei, nenhum nome que ela sugeria me agradava. Propôs Casto, para homenagear o padrinho. Era simpático, fingi concordar, mas não deixaria meu filho carregar esse nome carola pela vida. Não dava para desejar muito para o menino, mas castidade é o que eu não queria para ele.

Eu a chamei baixinho, mas ela fingiu dormir, ou estava mesmo dormindo. O bebê chorava o dia todo, só se confortava no peito, e ela estava exausta, mal ia ao quintal quando saía da cama. Juntei uns tostões e fui à Lapa na manhã seguinte. Parei no cartório para registrar o menino. O mesmo notário do ano anterior me atendeu. Deu o preço e perguntou qual era o nome. "Bernardo Gutiérrez Barrera", eu disse, já imaginando e me divertindo com a fúria de Maria. Comecei a gargalhar na frente do funcionário, que me olhava com cara brava, sem entender a piada. O filho era meu também, ela que se acostumasse. Teria o meu nome, não ganharia de mim muito mais do que isso. Já na rua, fui conferir o documento. Estava lá, de novo, o maldito "i" no meio do sobrenome — Barreira. Assim ficou, pai e filho carregando o mesmo erro nos papéis.

Aproveitei a manhã vagando pela Lapa, gostava do bairro. Caminhei de novo até as chácaras e vi os mesmos tomates verdes. Não custava levar alguns e esperar amadurecer. Mais perto da estação, os quarteirões estavam em obras — operários erguendo sobradinhos para outros operários. Mudava depressa a cidade. Gente cruzava apressada, as sinetas dos bondes zuniam, as ruas estavam cheias. Ali, vi a alegria de viver no rosto das pessoas — ou o alívio de seguir vivo, de escapar da peste. Aingeru disse uma vez que Buenos Aires estava em construção. São Paulo também, um porto seco cada vez maior e mais poderoso por causa de um *puto* grão. E se acabasse o café? Fábricas, trilhos, prédios, comércio, os jornais, o cinema, os times de futebol, os imigrantes... tudo não estava lá por causa dele? Chegava cada vez mais gente que precisava morar, comer, ganhar dinheiro, criar filhos.

Na hora do almoço, subi um morro baixo e dei de cara com um restaurante oferecendo *cocido madrileño*. Não tinha dinheiro para comer ali, mas gostei de ver que os patrícios estavam saindo das fábricas e fazendas para abrir negócios. Um papel colado no vidro anunciava vagas para garçom e ajudante de cozinha. Entrei e procurei o dono, galego de Ferrol. Devia ter o dobro da minha idade. Dom Xavier olhou para mim de cima a baixo. "É cozinheiro?", perguntou, e apontou para os tomates nos bolsos do paletó.

— Comprei de ocasião. Vou dar para minha mulher fazer um *gazpacho*.

— *Gazpacho* com tomate verde? Já se vê que de cozinha sabe pouco. E quanto a descascar batatas?

Perguntou da minha vida. Contei que era casado, com um bebê de colo e outro maior, da minha mulher; que perdi o emprego e estava trabalhando de pedreiro; que sabia ler, escrever e fazer contas. Poderia ser útil para ele. O salário era menor que o do matadouro, mas tinha muita vontade de aprender, virar cozinheiro ou garçom e entrar na conta das gorjetas — melhor e mais fácil que carregar tijolos para o português. Xavier queria que eu começasse no dia seguinte, mas era o batizado do menino, 12 de outubro, justo o nome da rua em que eu estava.

— Dom Xavier, sabe que meu filho vai ser batizado no dia do Descobrimento da América?

O homem sorriu, talvez pela coincidência. Acho que foi com minha cara ou se compadeceu com a história do filho e do enteado. Era um bom emprego, sairia todas as noites com as sobras do restaurante e ficaria longe do bairro que estranhava cada vez mais. Na volta, parei na casa de Manoel. Expliquei que havia arrumado um novo trabalho, agradeci muito ao português e pedi para acertarmos as contas, que descontasse um mês do leite de Maria. Depois de reclamar que esse não era o combinado, que só pagaria com as casas alugadas, me deu o que tinha no bolso e pediu que passasse de manhã para receber o resto. Com os trocados, fui para o bar da rua dos turcos. Acertei o que devia e passei a noite tomando cerveja. Meus amigos não estavam lá em plena sexta-feira. E, sinceramente, já não era a mesma coisa. Fiquei sozinho, pensando na vida. Tinha um ano no Brasil, país que nunca imaginei conhecer, quanto mais viver nele — e por obra do acaso. Sobrevivi a uma doença que matou quem encontrou pela frente recolhendo defuntos e abrindo covas. Matei bois a marretadas. Agora tinha um filho — alguém de quem precisaria cuidar enquanto vivesse. Amália e Aingeru voltaram à minha cabeça. Tive um amor, um amigo e um filho. O amor, nunca mais vou encontrar, mas é minha melhor lembrança. Ajudei a matar meu único amigo, porque ele me pediu. O pequeno Bernardo nasceu depois da guerra e da peste. Ia viver naquele país novo e tentar ser alguma coisa. Quero que ele descubra por si mesmo que o mundo está cheio de coisas que não conhecemos.

Acordei antes de Maria e a despertei com beijos, o menino dormia tranquilo ao lado da cama. Saí para buscar pão, fumei um cigarro no caminho, recolhi o leite deixado pelo português e passei o café. Salva já estava acordado, ansioso para ganhar a roupa nova para ir ao batizado, fazendo perguntas. Ele saía pouco do bairro e queria saber o que encontraria do outro lado do rio. Eu mesmo não sabia, devo ter ido duas ou três vezes para lá, em jogos do Atlético, de resto não havia diversão por aquelas bandas. Uma das coisas boas do meu bairro é que ele era novo, por isso ainda não tinha igreja, e todas ficavam longe.

Maria amanheceu bonita, os cabelos arrumados, o sapato que comprou com o dinheiro do crochê e da costura. Ganhei dela uma camisa de algodão com minhas iniciais bordadas em azul. Mal começamos o café da manhã, Casto bateu palmas no portão. Estava com sua melhor roupa. Carmen também apareceu toda enfeitada, e nos apertamos ao redor da mesa. Era o dia do menininho, e até eu estava feliz com o batizado. Ele dormia quieto no berço. Torcia para que abrisse o berreiro e se cagasse na frente do padre. Riria muito, mostraria a todos que o filho era meu, mas guardei meus pensamentos. Saíram cedo para a Vila dos Remédios, Maria com o bebê enrolado no xale. Queriam assistir à missa de Nossa Senhora antes do batismo. Avisei que precisava tomar banho e passar no Manoel para receber. Eu os encontraria na igreja, depois da missa. Não tive tempo de dizer a ela que tinha um novo trabalho, mas sabia que Maria não precisava de mais motivos para estar feliz naquela manhã. A boa-nova podia esperar.

O português estava sorridente ao me ver. Pagou o que devia e ainda agradeceu. Estiquei a mão para ele, que aproveitou o movimento e me puxou para o fundo do terreno. Queria mostrar a novidade, troncos grandes e secos onde amarrou uma trepadeira fininha com barbante. Em cima, unindo os troncos, esticou arames. "Uva do Minho, como a que eu tinha em Portugal", mostrou, esticando os braços. Eu tinha pressa, como nunca antes na vida. Mas ele queria falar da uva. Sonhava em fazer seu vinho e sabia que ia demorar uma vida.

— Só tem no norte e na Galícia, mas vai nascer aqui — disse. — É da sua terra também, galego.
— Mas é outra terra, Manoel. Você está no brejo, não no morro. Será que vai nascer uva boa?
— Vai nascer a minha uva. Já não está bom?
Bati no ombro do português como um cumprimento. Precisava sair e pegar o barco para cruzar o Tietê. Gostava do gajo, pão-duro e com vontade de ganhar dinheiro. Ia prosperar, eu tinha certeza. Manoel plantou a uva da infância para ter a ilusão de que nada mudou, de que a terra antiga, a que ficou para trás para sempre, ainda era dele. Ninguém poderia ser mais diferente de mim. Saí da casa de Manoel com o bolso um pouco mais gordo e agradecido. Levantei a barra das calças para não sujar de lama, tirei o paletó e segui na direção do rio.

Quando cheguei ao píer, a balsa estava a caminho da outra margem, para os lados da Vila São José. Teria de esperar um tanto, que o batizado não se atrasasse por minha culpa. No deque, vi o casal trocar carinhos, a mulher amanhar a gola do vestido da filha, o rapaz de bicicleta. Em que país teriam nascido? Encostei no tronco de uma árvore — "grande como a oliveira de Vigo", pensei — e acendi o cigarro, o dia claro e frio, sem nuvens no céu. Desde o *Demerara*, era meu primeiro passeio de barco.

AGRADECIMENTOS

Entre idas e vindas, *Demerara* demorou quatro anos para ser escrito. Em fases distintas, tive a ajuda de muitos. O escritor e professor Roberto Taddei foi o primeiro a estimular o trabalho. Em Vigo, onde estive em 2017, contei com o auxílio precioso de Beatriz Bruna Quintas, arquivista da Autoridade Portuária da cidade, e de Xoán Carlos Abad Gallego, autor de *E o outono tinguiuse de loito: a gripe de 1918 nas terras de Vigo*. Na Galícia, também agradeço à generosidade de Luís Bará, que me carregou para Traspielas, me encheu de boas histórias sobre seus antepassados e revelou alguns cenários e fatos presentes no livro. José Luís Mateo, do Instituto de Estudos Vigueses, pesquisou obras do período e garantiu acesso aos historiadores da cidade, mas, e sobretudo, me brindou com uma grande amizade, maior que o oceano que nos separa.

Contei com vários amigos para a leitura dos originais, que com comentários precisos me ajudaram a desviar das pedras no caminho da narrativa. Aqui estão representados por Andrés Bruzzone, Bia Mendes, Brenda Fucuta, Carmine D´Amore, Edna de Divitiis, Julia Monteiro, Laura Flichman e Marcelo Angeletti. Mariana Caetano ouviu com paciência e estímulo as principais passagens do livro. Nos primórdios da escrita, os apontamentos de Carla Piazzi, Carol Freire, Daniel Pepe e Laura Del Rey ajudaram a definir os caminhos e contornos da trama.

Por fim, recebi o carinho, o zelo e a atenção de Silvio Testa e Carla Fortino, da Editora Instante, que ajudaram a transformar *Demerara* em um livro melhor.

A todos, o meu muito obrigado.

SOBRE O AUTOR

Nasci em São Paulo, em 1962, cidade onde vivo com meus três filhos. Sou jornalista, trabalhei na revista *Veja*, no jornal *O Estado de S.Paulo* e tive passagens por TV Cultura, *Jornal do Brasil* e revista *Aventuras na História*. Fui o primeiro diretor editorial de mídias digitais da Editora Abril. Também atuei como professor de Técnicas de Reportagem e Teoria do Jornalismo na Pontifícia Universidade Católica de São Paulo. Em 2018, escrevi a biografia *Lampião & Maria Bonita: uma história de amor e balas* (Editora Planeta). *Demerara* é meu primeiro romance, que nasceu a partir de pesquisas sobre as origens do meu avô paterno. De Bernardo, o protagonista e narrador, pouco se sabe: era galego, chegou ao Brasil no navio *Demerara*, o mesmo apontado como o responsável por disseminar a gripe espanhola no país, em 1918, e morreu no dia do batizado do único filho, no ano seguinte. Fora esses três fatos, tudo mais é ficção, tentativa de recriar a vida do antepassado a partir de seu próprio ponto de vista.

SOBRE A CONCEPÇÃO DA CAPA

Homem e navio são personagens indivisíveis na história de *Demerara*. Na arte da capa, exploramos a conexão entre suas figuras, fazendo com que uma emergisse da outra, sendo a embarcação a lembrança vívida do passado do protagonista e uma influência por toda a sua vida.

Em uma leitura subliminar, a fumaça densa que sai da chaminé do navio remete ao ar contaminado pela gripe espanhola. A sombra sinistra que cobre a quarta capa e invade a parte interna do livro também serve como alusão aos tempos soturnos da Primeira Guerra Mundial.

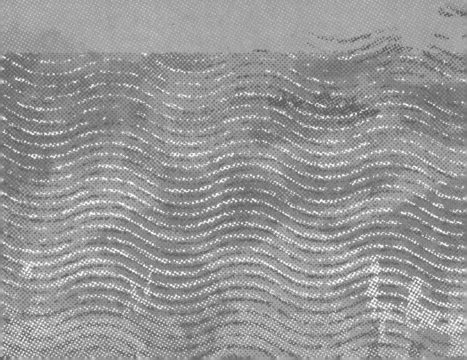